白色畫像

賴香吟

遙寄　父親
及其同時代的人們

目次

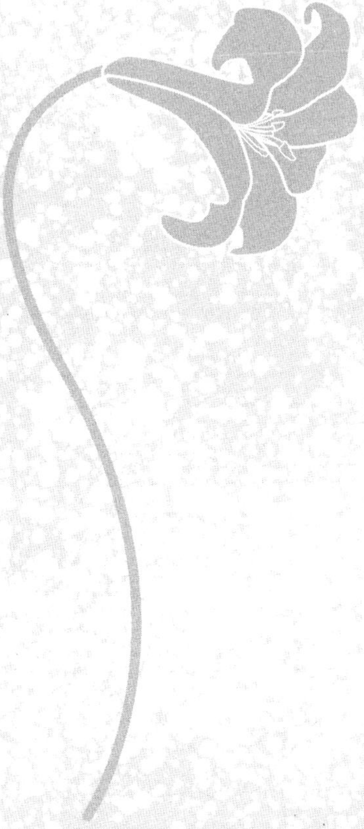

清治先生

一九五八：病情

一九六五：家書

一九七六：雪裡紅

一九八二：動物園

一九五八：病情

四月早春，景色正美，吸引著人到戶外去，他卻病懨懨躺在學寮裡的床板上，勉力讀著課程要求的《民生主義育樂兩篇補述》。咳嗽已經持續一段時間，胸口微微發痛，最初只是感到疲倦，沒胃口，不以為意拖著，直至發燒，咳痰，給學校裡的醫生診斷，說是患了結核病。

他一聽大驚。這不是死病嗎？十七歲的他，雖然生活條件極差，畢竟沒想過死。他讀過書，十八、十九世紀，不管什麼領域，總有好些被結核病折磨的名單，蒼白，發熱，咳血，斷了氣的肺癆鬼，簡直是一場白色瘟疫。

見他愣到說不出話來，醫生慈悲安慰道：「這病如今已經不是死症，你這看起來也是非開放性，放心，讀書不至於出問題。」

心上一塊石頭落地，他放鬆下來。生活好不容易走到這裡，就等著他師範學校畢業，賺錢養家，若因結核病被勒令休學，就無路可走。

「好好吃藥，估計一年半載可以痊癒，」醫生繼續說：「但要多休息，有耐心，照指示吃藥，定期接受複查。」

耐心，吃藥，這些都沒問題，使他愁苦起來的是一年半載。藥費打哪兒來？

「什麼藥？」他虛弱地問。

「鏈黴素。」醫生把藥名說得很清楚，同時抬起下巴強調：「算你運氣好，現在總算有藥，學校也有衛生費用。」

運氣好？他不知該哭該笑。書裡總把這病寫得像是靈魂與熱情的燃燒之病，患病的人在遠離塵囂的靜養所，抑鬱而高雅地喝茶、看書、散步，這之於他是絕無可能的境遇。學校教官本來要他回家休養，經他央求並經醫生同意，可以繼續上課，術科與軍事訓練暫時豁免，三餐食器自備。

他沒和家裡說生病的事，不會有什麼幫助，多讓父母憂心而已。倒是公費待遇，這時真是千謝萬謝，否則，以他身邊聽過、見過染上這結核病的人，狀況實在壞，不僅不得休息，還畏人嫌棄，暗暗躲在角落，低低地咳，操勞到最後一日。即使有人耗盡家財治療，切斷幾根肋骨也不見得保住性命，生命尾聲很難說到底是給經濟掏空的，還是給細菌蝕掉的。

他在最後的戰火裡出生，母親經常講述有天揹著他出外，怎樣遇著整排房屋燃燒，人怎樣衣裳著火從廢墟爬出來的可怕景象。幸好他不記得。不過，戰爭轟炸後的貧窮他可是嘗得很多，番薯簽不打緊，但番薯簽發了霉是什麼味道呢？貧窮的滋味，飢餓到頂，明知發霉也會吃下肚去。

他們的村莊，雖然也算台南，但離府城遠得很，兩三百年前，這兒根本是一片海。父親說，海水土鹼，米種不出來，倒是日本人種上了甘蔗。父親喜歡誇口說他是在糖廠坐過辦公桌的，可他記憶裡沒看過父親有什麼日本人朋友，懂事以後見到的父親，也總是田裡又慢又弱的那個，太陽月亮，風雨晴暑，村子裡家家都窮，大窮與小窮的差別而已。

有段時期，廟埕特別安靜，連野台戲都不來了，偶爾在市場看到許多陌生人，大人臉色收斂起來，壓著聲嗓說：「戰爭閣來矣。」等著上學那個夏天，他和弟弟在河邊嬉玩，一部卡車停下來，幾個穿著軍服的人，揮手趕開他和弟弟，對河水撒了尿。

他們躲在樹身後頭，害怕又好奇地看著這些陌生人，腰間的皮帶是黑的，掛一把長長的東西也是黑的，那是槍還是刀，模糊的記憶裡，他一直沒有弄清楚。

回家之後，他挨了母親一頓打，說是亂帶弟弟去河邊玩，可事實上他不知已去過幾多回。小小年紀他也能感到那頓打罵藏著什麼他無從瞭解的事物，他沒敢問，大人也不會解釋，那些奇異的危險氣氛就此存著，伴隨著他長大，如影隨形。

過完鬼月，母親拿錢出來給他繳了套新制服，買了雙新鞋子。他滿心雀躍，赤腳跑到學校，鼓聲咚咚敲，上課，下課，課本裡有好多動物，牛呀羊呀，還有狼與狐狸，就連烏鴉、蜜蜂與蜘蛛，都來教他們愛國、孝順、別怕失敗、團結努力，他也喜歡頭髮梳得整整齊齊的音樂老師，腳踩風琴，教他們唱歌：

張燈結綵喜洋洋，勝利歌兒大家唱
唱遍城市和村莊，台灣光復不能忘
不能忘，常思量，不能忘，常思量
國家恩惠，情分深長，不能忘……

每唱到「不能忘」，音樂老師便極其優雅地做手勢要他們把音拉長、拉足。音樂老師指頭很美，美得宛若蝴蝶在眼前飛。他感覺新奇，世界鋪了條長地毯，把他從家裡邀請出來，不管是國語、算術還是常識，也不管老師鄉音懂或不懂，上課他都興趣盎然，專注盯著黑板上的字，珍惜地把書本看來看去，彷彿由中能見新世界，一個再也不要受現實困苦所限制的新世界。

如此輕輕鬆鬆便拿了第一名。給他取名字的大伯稱讚說きよし頭腦好呀，他很不好意思，其實只是因為太喜歡了。如果米飯可以跟字同樣充足，他想也不想一定也會吃它三大碗，吃到飽，吃到滿足為止。不識字的祖母看他在紙上寫字，敬畏地交代說，紙張上頭若寫了字，萬萬不行燒。

「惜字亭，你敢捌（可曾）聽過？」祖母把他的寫字本拿起來左看右看，彷彿上頭畫的是符咒：「這袂使（不能）黑白（隨便）抨（扔），等到撿字紙的人來，請伊送去惜字亭。」

「送去遐（那裡），欲做啥物（什麼）？」他問。

「當作金紙做伙（一起）燒。」

「連字亦會使（也可以）拜喔？」

祖母慎重其事地點頭。「きよし以後若是考試，阿嬤帶你去拜文昌帝君。」

祖母認命，常說窮人認命點好，窮到底，連鬼也懶得來抓。母親可不聽這一套，若是祖母勤儉過頭，母親就偏要叫他去雜貨店賒賬買來一堆罐頭、醬菜、豆簽，讓同班女孩春鶴得跟他一起搬回來，那時，母親會模仿大戶人家口吻問：「はるか，恁(你的)卡桑身體有較輕鬆無？」

村裡人都知道春鶴母親給人家做小，紅顏薄命，生著肺病——事隔幾年，他才會意過來，難不成就是學校醫生說的結核病嗎？——被安頓到他們村子來有兩、三年了，雜貨店是夫家給母女倆的營生，外頭亮，裡頭暗，暗光底處常是春鶴在顧店。他走進去，眼前一黑，什麼都還沒看清楚，便聽見她的聲音：「欲買啥？」

一包鹽，一罐豆油，或是幾粒紅蔥頭。

女孩春鶴其實大他兩歲，但她剛來時，低垂著頭，走進他們教室。別說鄰村孩子不認識她，即使同村人也和她生疏。他生性溫順，又因成績好當著班長，春鶴若遇捉弄，難免仰仗他的保護，一雙眼睛怯怯望著他。每天從村子到學校，孩子大大小小一起走，邊走邊玩，可他和春鶴總專心一意走著，愈走愈快，摟著書包，彷彿愈走愈快樂。他快幾步，便輕輕聽到她在後面跟上。

升上高年級，男女分班，但上學路春鶴還是跟著。有天，她叫住他，遞過來一本參考書。

「教我這個，可以嗎？」春鶴翻到算術題。

小學畢業，他拿了第一名成績，連考都不用考，直接保送鄰縣剛設的初中。春鶴雖不到保送程度，但經他教完那本初中入學考試試題集，終也考上了。

初中校園，男孩女孩都轉成大人模樣，他與春鶴隔得很遠，偶爾見著只點點頭。男孩之間，聰明人不少，有競爭心的也多，不見得人人合得來。幾個成績拔尖的學生，就屬他最不與人衝突，連寡言的張光明也願意與他說上幾句話。

「你會講日本話嗎？不會，是吧？我也不會。」張光明憤憤地說：「為什麼要一直罵我們講日語？」

「老師聽不懂我們講台灣話，就以為是日本話。」

「他要聽我們解釋啊。大人講日本話干我們什麼事？」

「你家裡講日本話嗎？」

張光明臉色沉下來。他意識到自己問錯問題了。

張光明是西港人，和他的村莊很接近，隔條曾文溪而已。不過，張光明出身好人家，至少以前是富的，要不是改朝換代，親戚有人失蹤有人坐牢，不至於連累到他家。張光明之前或許碰過什麼，遇人遇事若非像隻刺蝟，就是悶聲不吭。剛和張光明編到一塊的時候，他對這個人的印象就是難搞，不理人，臭張臉看翻譯小說，卻還是可以有好成績。

「𪜶就是愛嫌疑（懷疑）我。」他知道張光明的悶氣又來了，閉嘴不再勸。張光明心事比他複雜，不像他想得少，無事可想，出身不值一提，每年開始是甘蔗，每年結束也是甘蔗，砍甘蔗砍到手發瘆，割甘蔗葉更苦，一不小心就是傷，他知道不能胡思亂想，專心，埋頭苦作就是。

初中三年，無論如何，他對學習仍然充滿興趣。即使有些老師訓斥非常嚴厲，但也有幾位本地老師的寬愛讓他想家，他們不凶，顯得那麼憂悒，和學生們一起仰頭看布告欄上的報紙，靜靜地都不說話。歷史好長，世界好大，他在課堂上感嘆，物理也很神奇，陽光可以透過玻璃起火，火焰可以在鏡面裡倒過來，一個相反的世界。

許多同學接下來要繼續考高中、讀大學，他知道那條路會走向更遠的地方，可是，家裡早說好了，他只能去讀免註冊費的師範學校，畢業後快快踏入社會賺錢，分擔家計。他的成績，初試毫無問題，複試體檢沒有色盲也沒有疝氣，口試官還算和善，依著課本妥善回答，也就順利結束。榜單揭曉，他獲得公費生資格。不過，這回倒是沒有春鶴了。

春鶴母親在她中學二年時虛弱地逝去，父親家產愈賭愈空，到最後就連那間小小雜貨鋪也沒法再維持下去。儘管春鶴期待升學，但此時她畢竟是沒有母親可依靠了。雜貨店很快轉賣給別人，春鶴中學未及畢業，便匆匆離村。

「遮攏予你（這都給）。」最後一次去雜貨店，春鶴把玻璃罐裡的煎餅全倒出來，抽張作業紙，包起來，遞給他。

「妳欲去佗位（哪裡）？」

「鳳山。」

「學校呢？」

「阮阿姨講無法度（沒辦法）。」

他不知道該說什麼，甚至不知道該怎樣表現心情。雖然他們已經十三、四歲，還是受著大人的支配，不，應該說是環境的支配，且隨著他們愈長大，愈知道環境的支配才是最難的。

他們靜默著。

自那之後，他沒再見春鶴。等待師範學校開學的夏天，他留在家裡幫忙農事，甘蔗，胡麻，紅蔥，日日渾身汗臭，等到痛快洗過澡，光便暗了下來，哪兒有燈亮哪兒就飛滿草蚊子，晚餐狼吞虎嚥，夜裡青蛙此起彼落呱呱叫上一整夜。

日出而作，日落而息，每天晚上他讀幾頁《海上漁翁》，張光明送給他的畢業禮物，跟隨一個孤單而不受幸運眷顧的老人在海上漂流。以前張光明借給他讀的翻譯小說，總有好多看起來奇怪、讀起來也拗口的人名地名，搞得他糊裡糊塗，讀到前面就忘了後面，這次，他倒是清楚明白把這本書讀完了，只是一個老人，頂多再加一個少年的故事。

「我想欲去海邊。」他對張光明說：「有獅子會出現的彼款（那種）海邊。」

「台灣無獅子啦。」

「我就講文學攏是陷眠（白日夢）。」

「啥物陷眠？若無，咱來去七股，彼爿（那邊）有海，亦有真濟（多）鳥仔。」

暑假太長，張光明無事可做，有時去府城，回程順道來村子找他，一起去田裡幹活，要不忙裡偷閒去廟埕打球，躲在樹蔭下啃甘蔗，讀張光明布包裡的書。

「頂（上）禮拜去高雄，阮阿舅予我的。」張光明一副開心模樣，朝他眼前晃著書：「油廠一月（一個月）日出一本，伊有幾十本喔。」

書封寫著《拾穗》，三個頭綁布巾、身著圍裙的婦人在田裡彎腰撿拾，他想起母親，這兒太陽大，母親不僅頭戴斗笠，就連手、臉都包得密不透風。他接過書，小字密密麻麻，人名奇奇怪怪。翻這頁，讀兩行，又翻那頁，看三行。

「等一下。」張光明忽然伸手，按住頁面：「你會使看這篇，仝款（同樣）是一个人佮（和）一隻動物的故事。」

〈冰國亡魂〉。眼前豔陽高照，他想，冰國一定在很遠很遠的地方。

張光明繼續啃甘蔗，他耐住性子，把頁面的字繼續看下去：一個人受傷了，被同伴拋棄了，天黑了，只有六十六根火柴……

他的思緒如天上雲朵，緩緩散開，散開，忽而聽見蟬聲叫得響亮。好熱。「文學內底寫的，你真正當作真的？」他問張光明。

「當作真的，有啥物毋好？」張光明反問。

他一時答不出來，眼前夏日的雲，白花花地層層滾高，藍天更高。他把頸子往後仰，看雲，很美，但又不知道後頭有什麼。

「我會煩惱。」他聽到自己這麼說。

張光明噗哧一笑：「煩惱？有啥物煩惱？看人煩惱、做伙煩惱，毋是都合（剛好）？」

「彼是故事內底的人，毋是真的。」

「毋是真的顛倒好。閣再講，就算故事是假，嘛（也）是真的人寫出來的。」

「聽無。」

「唉。」他聽見張光明嘆了一口氣。

師範學校生活，說起來，是他一生到此所經歷最好的生活，紅樓美麗，連帶使他的形象也有了輝煌的色彩。全員住校，食宿免費，他念普通科，張光明能畫圖，進了藝術科。同寢室有位劉平，北部人，喜歡攝影，和他談得來。還有一位胡長宣，從香港來，比他們大好幾歲，人面世事都廣。他那因為家庭拮据而難免膽怯的性格，跟隨同儕青春正盛，漸漸打開來，手頭也有了點零用錢，可以沾染一下府城人吃點心過日子的情調，和張光明他們去逛書店、看電影。

世界變得好大，彷彿從課堂裡鑿了條隧道，通往更遠的地方。學校附近的美國新聞處有圖書雜誌，禮堂還常免費放映電影，其中許多壯觀、奇異場面，使人瞠目結舌，他和張光明經常討論到深夜，對於自己生在這個時代、這個地方，既感到渺小，又充滿抱負。胡長宣提起幾位能寫詩的軍人，常在中正路哪家咖啡廳出現，張光明聽了，急著要去碰運氣。

然而，咖啡廳播來播去〈River of no return〉，聽到歌詞都背起來了，依舊沒有見到什麼詩人。

張光明不死心繼續讀他的書，累了，便幫他們畫素描。劉平湊過去看幾眼，說：「改天，換我來給大家拍一張真的相片。」

「這也是真的呀。」張光明不以為然：「用畫的才有詩意。」

「寫真也有詩意呀。」劉平特意用了日語。

詩意是什麼？他覺得這詞很美，似懂非懂，只能微笑看張、劉兩人鬥嘴。張光明嘴刁，劉平爽朗，正經時候和張光明一樣瘋瘋癲癲說攝影就是要捕捉真、捕捉瞬間，不正經呢，就吹噓西門町的咖啡廳要多黑就有多黑，黑到你想幹啥都行。

劉平每回台北就會帶幾張洗好的照片回來吹噓，也把攝影雜誌借給他看，裡頭的人物、街景，真不知是怎樣拍的，他常暗暗地看，暗暗地著迷。有些肖像或模特兒，讓他想到女孩春鶴，不，現在應該是少女春鶴了，他想像少女春鶴斜倚著自行車，或是樹下，一定很美。

我已在這兒坐了四個下午了

沒有人打這兒走過——別談足音了

張光明對翻譯小說退了燒，迷上對他來說更難理解的現代詩。〈水之湄〉，張光明說作者名字叫葉珊。他看著「湄」字發愣，那是水邊、岸邊的意思吧？他腦海裡浮出農田裡的水路，那該叫什麼？圳或溝？他從來沒用過「湄」這個字，也沒什麼機會用這個字。

四個下午的水聲比做四個下午的足音吧
倘若它們都是些急躁的少女

水聲比成足音，足音又比成急躁的少女；他確定自己的腦袋無論如何沒法生出這樣的比喻。不過，少女春鶴倒是曾跟他走過田邊的池塘，他心上記得她的足音。

鳳山是怎樣的地方呢？他沒去過，也沒有少女春鶴的住址，若有，現在的他想給少女春鶴捎去一信，他是個青年了，僅僅只是寫一封信，沒什麼不可以的。

就在他斟酌著怎樣打聽少女春鶴的住址，怎樣給她去信的時日裡，竟是他收到了來信。

清治學兄，各奔前程，人生真是意料不到，你知道我現在在哪裡嗎？台北！我到鳳山之後，工作、升學都不如意，看報紙有國防部女青年工作訓練班招考，便去考了，也很幸運錄取，現在人已在復興崗！校地很大，聽說原來是個跑馬場，我在這兒受訓四個月，每月可領薪水九十元，以後去部隊服務，做廣播，教注音符號與國語，說起來也是一種教育工作。

少女春鶴的字寫得很漂亮，和印象裡她兒時的稚氣筆劃很不相同。她還寫了學校裡的戲劇、唱歌、舞蹈課程，說一開始不好意思，現在卻是很期待了。

你相信嗎？以前那個默默跟在你後面去讀書的我，現在竟然可以站出來教人唱軍歌！當然，我是拿出勇氣，因為這是為著以後到軍中慰勞辛苦的官兵所準備的。你一定也想不出我拿槍的模樣，學校有打靶射擊的課，是真的趴在地上，銃子飛出去的時候，肩膀會撞得很痛呢。

他的確很難想像，那個坐在雜貨店深處的少女春鶴，默默跟在他身後走路的少女春鶴，會這樣興致勃勃說話？臉上又是什麼神情？更難想像少女春鶴會站上舞台唱歌、踩氣球、帶康樂活動？

他給她回了信，對她的轉變表示驚訝，也介紹了自己的師範生活，說可以領獎學金，現在很迷攝影，會借同學相機到孔廟去拍照，想努力存錢，看看能否跟反共服務社郵購相機云云。

他沒說的是，看著相片裡的模特兒，他想到過她，少女春鶴，在水之湄。

結尾，有禮的語言。出路。望自珍重。之類。

信寫得拘謹，但真寄出去，心臟撲通撲通跳，臉頰也跟著熱起來，使他簡直憂心病情又起。下午實習課免上，他強迫自己躺下來休息，腦海雜念仍如野草，隨風搖來搖去。望見臨床室友枕邊的聖書，每晚睡前，室友就算沒時間翻讀，也要摸摸書皮，然後低頭默禱。他問他念些什麼，他便教他：「恁早早起，晏晏（晚晚）睏，食勞祿所得著的飯，亦是空空；耶和華疼愛的人，伊欲予伊好睏。」

恁早早起，晏晏睏，食勞祿所得著的飯，亦是空空……

他學著念，可是，不識聖書的他會是耶和華疼愛的人嗎？

室友堅定點頭，回答他：「你要思念神的事，毋但（不只）是思念人的事。」

見他猶疑，室友繼續耐心勸慰：「耶和華有慈愛，伊有豐盛的救贖，你的心要聽候（等候）伊，要向望伊的話。你若得著伊就是得著生命，規个（整個）人亦得著醫治……」

得著生命，得著醫治。這話講中了他的心。他坐起身，取來聖書，翻開：

> 用至高者上帝做避難所的人，會倚起佇（倚靠在）全能者的蔭影下。
>
> 伊對上主講：「你是我的避難所，我的堡壘，是我所倚靠的上帝。」
>
> 上主欲救你脫離當鳥仔的羅網，及致命的瘟疫。

台灣話原來可以這樣寫，他沒看過，但一讀也就懂了，可是，話裡內容依然不很明白。鳥仔的羅網？是說人只是隨時會被抓捕的鳥兒嗎？他依然喜歡讀書，世上太多事事物物勝過他，去年的公民老師也是信徒，常常勸慰他們說領袖日日以經文修養精神，我們要憑信前進，收復河山。

他繼續捧著書，以賽亞、撒母耳、以斯拉、耶利米、但以理、路得、約拿……翻這頁，讀兩行，又翻那頁，看三行，小字密密麻麻，人名奇奇怪怪，他又跌進翻譯小說的迷宮。直接跳到最後，啟示錄裡羔羊、白馬、紅馬、黑馬、灰馬，還有兩隻十支角、七個頭的紅色怪獸，一隻像龍，另一隻像豹像熊又像獅子，他不知這些代表什麼，地燒成火、海變做血的異象也太可怕了……

室友說耶和華喜愛所有小孩，小孩不怕這些末世恐怖、血呀死的嗎？抑或，每種宗教都有警世的一面，就像道教裡牛頭馬面捉拿亡魂，也很嚇人……

他打住念頭，覺得自己無頭蒼蠅般在迷宮裡亂飛，恐怕還死之將至。他討厭這種感覺，不管病不病，都決定出去外頭換心情。他進了圖書館，把《民生主義育樂兩篇補述》讀完，又趁人少看了平常總拿不到的《自由中國》。紅樓鐘聲響起來，他走去體育室，有不少人在裡面。

劉平和胡長宣在打桌球，張光明捧著一本薄薄的《藍星》。

「你來得正好。」劉平邊擦汗邊說：「我們在討論選什麼地方照相。」

「照什麼相？」

「上次不是約好了？」

「合照。」張光明補一句。

「我這個暑假回去，不保證會回來喔。」

劉平說當老師無聊，想走別的路。差一年就要畢業，不念完嗎？他說不上是訝異還是羨慕，原來別人腦袋裡還有別的選擇。

「他想給大家都拍張照片。」張光明說：「我呢，打算來做一份詩刊。」

詩刊？張光明愈來愈迷詩，《創世紀》、《野風》、《藍星》，不知怎樣買來，還參加函授文藝，打算開始投稿。星星為什麼是藍色的？他不會這樣問張光明，可是，張光明要他寫詩未免太不可能。

「沒要你寫詩，詩都我來寫。」張光明笑了。

原來，不過是讓大家都寫點回憶，糗事也行，做個紀念而已。張光明已經寫妥幾首詩，他說這就是他送給大家的紀念。

「你看出這兒的意象嗎？雪與火，冷對熱，白對紅，然後是露水與青草。」張光明陶醉地說：「你不覺得，光看這些字就像已經聞到了氣味，看到了顏色？」

張光明想把〈水之湄〉印在扉頁，他說他喜歡這首詩的男孩氣。

「四個下午，剛好就是四個我們。」張光明說：「四個下午的水聲是少女的腳步，四個寂寞裡的人像湖邊的小船繫在一塊兒，你說，這不是很美嗎？」

「你看，這幾個字排在一起，多美。」張光明愈來愈沉浸在文字裡，如泡在酒裡一般，茫茫而快樂：「你看，多勻稱，簡直美妙的女人。」

赤裸裸的形容，張光明素描本的女體，光看光聽都足以使身子熱起來。他不完全能夠理解張光明的快樂，可像張光明這樣的人，能快樂是幸福的，他這樣替他想。

可惜詩刊後來沒成。除了是他拖延寫不出來，也是張光明拿了詩文去向俞老師報備。明明俞老師平日很鼓勵人多讀書多寫作，也讚賞過胡長宣與張光明，可是，這一回，卻不知為什麼激動了起來。

「什麼象徵，什麼幽靈，唉。」俞老師紅筆圈圈點點，責備他們說：「你們這些本地孩子就是不知亡國痛，大陸怎麼淪陷掉的，你們知道嗎？」

少女春鶴的回信在那之後來到。這回筆跡倉促，說是在高雄五塊厝，不久將分發台南第四中隊，六月移防金門。不確定什麼時間可以外出，但若有機會，希望回村子看看。

他不是很明白她話裡的意思。是要約兩人能否見上一見嗎？他忽然退縮起來，六月又值學校期末測驗，思來想去，決定回信坦白說明自己病情，這幾個月甚少回家，但若她能事先告知回村的時間，他或許可以安排看看。

然而，直到期末測驗結束，皆未收到春鶴覆信。倒是劉平煞有介事真要拍照，催促四人整齊穿好制服，戴好帽子，和每屆學長同樣，選定學校紅樓前的琉球松，在最好的青春留下合影。

「各位，準備好了？」劉平舉手，高喊：「大好前程，就靠這張了——」

咔嚓。他不確定自己真正聽見了，抑或只是想像？對焦、景深、光圈、快門，咔嚓。他喜歡那個聲音，世界留給他們，一秒鐘也好，然後，繼續轉動。

暑假回家，他什麼都沒說，幸而病情已經緩和，真止不住咳便盡量躲開。以前春鶴家的小雜貨店，現在擺個飲食攤，賣些蚵嗲、鹹粿、地瓜之類。他特意去了幾次，沒聽說春鶴回來的消息。直到去市區買藥，繞到學校收信，才發現月前春鶴已經來信：

隊伍更動，無法回村，改去高雄探望阿姨。下禮拜，中隊就輪調金門，坐飛機去，會緊張，也很期待。聽說外島缺水，也缺青菜，不過，現在的我，已經習慣團體生活，就算怎樣克難，只要和姊妹們在一起，就會共度難關。

夏天這樣過去，獎學金丁點不剩，不再做什麼買相機的夢。八月提早回學校，從西港回來的張光明，特別給他帶上羊奶與雞蛋。劉平果真沒來註冊。意興闌珊地開學，不幾天，傳來金門炮戰消息。他心上一揪，驚覺時事近身相關，少女春鶴難不成正在炮火之中？

校園、社會氣氛極速收緊，收音機裡的音調不斷提高，說對岸魚雷如何擊沉我方船艦，國軍如何反擊，落彈高達幾萬發，造成多少官兵死傷。常在外頭走動的胡長宣說車站前發傳單要準備作戰，就連電影院裡的標語也換了。全省各處發起支援前線運動，學校裡也加強軍訓，可他就是沒有少女春鶴的消息。

初秋，處處死守堅決氣氛，但他漸漸復原。醫生給他照了X光，肺部上有白點。

「這叫作鈣化，是痊癒的表示。」醫生不知是把他當成大人，還是專業使然，解釋得很仔細：「白色是被結核菌破壞的組織，已經鈣化成瘤，這個是無法復原的，不過，不至於再有病情。」

進入十月，單打雙不打，政府聲明絕不與中共和談。張光明不知和什麼朋友偷偷摸摸聽了對岸的《告台灣同胞書》，回來貼著他耳邊說：「人家戰帖都下了，說什麼美國人總有一天肯定要拋棄台灣的，現在這樣下去再打三十年，也不是什麼了不起的大事……」他愈聽愈緊張，但是，「金門軍民，供應缺乏，飢寒交迫，難為久計，」還是鑽進了他的耳朵……

他沒有少女春鶴的郵寄地址，連部隊名稱也不確定，直到在廣播裡聽到女青年工作大隊第四中隊由金門戰地回台的消息，算算春鶴赴金門的時間，或許就是這支隊伍。

報導口吻極端熱烈，彷彿歡迎英雄歸來。他開始等待少女春鶴的來信，心想這次一定要好好回信，不要怕寫太長，要安慰她，無論如何，安全回來就好。

然而，春鶴沒有來信，也沒有出現。

他漸漸擔憂起來，難道，那個少女，就這樣音訊全無地葬送於時代之中嗎？

清治學兄平安，我在新竹寫這封信，生活平安，勿念。

抵達金門，本是從事教育康樂，想不到，炮彈落下，風雲變色，我很快加入救護支援、幫官兵寫家書報平安，後來又因為通閩南語，被長官轉派心戰播音，向對岸介紹寶島生活。

炮戰最激烈的時候，和官兵們擠在坑道避難，又聽說共軍要登陸，心裡不安，不過，看別人受傷不退，堅強愛國，敬佩都來不及，哪敢退縮？後來，經國先生不顧性命危險，親臨戰地視察慰問，更是鼓舞了我們的精神。

十月輪調回台，我回去鳳山，又再調來新竹。有幸從炮火中生還，很多想法和以前不同，而且，不瞞您說，經歷生死與共的生活，我在那兒找到互相照顧的對象，您知道我是已經沒有母親的人，所以決定申請調回金門，若是順利，下個月就會輪換。這幾年，沒機會和您見面，真可惜，我感謝您以前對我的照顧，也希望你可以為我祝福。

他在冬至前收到此信，南部冬寒不多，但總有那麼幾天，露水會凍到鑽骨。原來如此。他當然意外，又可以理解。危難情勢，身邊有人互相照顧，是多麼可貴，即使是他自己，也會被打動的。回想過去幾個月，最不舒服的時候，若非學寮裡還有其他人噓寒問暖，他真會受不了自己的孤單而自怨自哀起來……

天暗得比較早了，他獨自一人在校園裡散步，劉平不來了，張光明老往美新處跑，胡長宣有了戀愛對象……

我已在這兒坐了四個下午了
沒有人打這兒走過——別談足音了
（寂寞裏）
鳳尾草從我袴下長到肩頭了
　不為甚麼地掩住我

（寂寞裏），張光明念詩的模樣，一次、兩次、三次留在他腦海裡，（寂寞裏），以前他不懂為什麼這首詩裡的寂寞要加括號？現在，似乎有那麼些懂了。

鳳尾草，他知道，是一種經常從磚屋縫隙長出來，陰溼而普通的野草，但他讀不出鳳尾草從袴下長到肩頭，有什麼意義？是時間嗎？是青春期的孩子，忽地不留神，就竄高了嗎？

鳳尾草和水邊又有什麼關係？他不記得是否看過鳳尾草在水之湄，要有，高到肩頭的鳳尾草，一定很荒涼吧？

寂寞裏，寂寞裏。他感覺寂寞從括號裡跑了出來，風一吹，跑進了他的腦袋。

「啊，你懂了！」張光明往往會在這時，眼睛一亮，豎起食指，指著他喊：「你這就是懂了！」

我才不想懂呢。他負氣地跑起來，跑過長廊，跑出紅樓，直到看見罵過他們的俞老師，從校園另一側走過來。

他停住腳步，不敢再跑。俞老師一如往常駝著背，手提黑布袋，應該是要回宿舍去。他站著，喘著，安安分分等俞老師走過，敬了個禮，然而，俞老師兀自想著什麼，並沒有看見。

一九六五：家書

七月盛夏，在火車站聽人說，美援到這個月就停止了。麵粉、棉花，都不會再有嗎？他想起早餐才吃過的饅頭。兩個拿著報紙的人似乎是做生意的，以不在乎甚至故意神氣的大嗓門，說著小麥與磨粉機的事。

他搭十點零八分的火車，由台南出發，下午兩點半抵達台中。下車後，隨即到清泉崗裝甲兵訓練中心報到，時間已經接近五點了。

報到後，就借住訓練中心的營房，也跟這單位搭伙，上面發給他們每個人每日加菜金五元，伙食應該會不錯吧。

結果，葷素三菜一湯，米飯煮糊了似的，不能說比台南勝上幾分。

吃過飯，尋得床鋪，稍事安頓，還不急著讀書，先給妻子寫去家書。

過去兩個禮拜，大兒子病著，妻子本來期待他能有假回家幫忙照顧，不巧營裡面他接了值星，假日人人都要外出，無法請人代理。接下來，禮拜三虎山實彈射擊，禮拜四期末總考，禮拜五行軍，禮拜六結訓，沒有一天能夠外出。好不容易等到昨日回去，孩子是好了些，妻子臉色卻十分難看了。

昨夜因為妻子的眼淚也沒能好睡。他能體會妻子獨處的空虛、寂寞和恐慌，但這又有什麼辦法呢？他只能故作堅強，做出男人模樣，跟妻子說：「我希望妳能慢慢的堅強起來，慢慢的習慣於這種生活。」

這話非但沒起效用，還惹妻子失望而更惱怒。

大清早動身，他知道妻子已經醒了，只是倔強不肯動靜，不想讓他看見哭的模樣。他佯裝不知，摸摸溫睡中的孩子，拾了軍旅袋出門。村落幾聲雞啼，村人們仍在睡夢中，他走好大一段路到市集等車，心中百感交集，但才進營區，隨即接到派令，什麼反應也來不及便出發到此了。

一九六五年七月一日

生在這個時代裡的，都是不幸的一群，尤其是年青的一代，但怨恨誰？上帝？

環境？都是無濟於事的，只能既來之則安之，既生於這不幸的時代，就必須挺起胸來承受時代所賦予的艱鉅考驗，你能退縮，你能躲避而被人恥笑嗎？不，不，就是你想退縮，你想躲避，也是不行的。

對這當兵所造成新婚生活的別離，我是表現得夠堅強了，我在心裡築起一道堤防，硬把痛苦往肚裡吞，表面盡量裝作不在乎，所以我不流淚，我不哭泣，我也不怨天尤人，可是妳呀，為什麼要用妳的柔情，用妳的淚水來束縛我，崩潰我心裡的堤防，難道我是很歡樂、很高興地別離了妳嗎？

清泉崗在台中市西北方，緊鄰大肚山，上千公頃土地，號稱遠東第一大空軍基地。以前陸軍裝甲兵部隊訓練中心，就是看中這兒腹地廣闊，適於坦克戰車訓練，選在這裡復校，誰知飛機起降頻繁，噪音影響教學，又陸續移往新竹湖口，因此，當他來到清泉崗的這個時候，已經感受不到昔日陸軍精實的氣氛，營區雖特設陸軍訓練部政治考試集訓班，但談不上什麼訓練，也沒有教官來上課，不過是留給他們一個專心研讀的時間罷了。

當兵以來，這是他第二次來台中。上次是代表砲校中心到台中預訓部參加考試，當時來自各地共有一百五十人，結果，今天能再到清泉崗來集訓的不過是二十人。砲校中心同來考試的五人裡，他的成績是士官級第七名，另有兩人分屬第十二名、第十六名，餘下兩人則未錄取。

建國必先建軍，建軍必先健全政工。打從剛進部隊，上頭便發下厚厚一本教材，三民主義、政治常識、精神教育、領袖訓示，皆收錄其中，每月也有巡迴各連隊的教官隊搭著吉普車來，再怎麼枯澀的內容，他們都能講得口沫橫飛。

「政戰教育是做什麼的？為什麼要有政戰教育？我來給各位講個故事。」

「民國三十九年大膽島戰役，蔣部長曾與美軍顧問前往金門醫院視察傷兵。當時，部長就問美軍顧問：這裡面有我們的傷兵，也有敵人的傷患，你能分辨出來嗎？穿的衣服一樣，膚色也一樣，西方人當然分不出來囉。於是，部長就利用這機會曉以大義，我們和共匪打仗，不是因為膚色、文化不同，是因為思想與信仰嚴重歧異，這個呢，從表面是分辨不出來的，所以，我們需要有專職機構來負責政戰工作，防禦敵人的滲透與分化，因為，我們的敵人非常擅於偽裝，狡猾而且欺騙……」

「戰爭有兩種，一種有形，一種無形，無形的戰爭就是政治作戰。各位身為軍人，對無形戰爭必須有所警覺，隨時保持思想武裝，尤其是對本國歷史文化欠缺認識，沒有親身受過共匪迫害，以致仇匪心理淡薄的台籍新兵們，更要深刻培養國家民族概念，同仇敵愾，要知道，反共抗俄戰爭與你們的身家前途，不是沒有關係，而是大有關係……」

不是沒有關係，而是大有關係，他聽到台籍新兵那幾個字，暗暗吸了一口氣。生在這時代，師範學校時期，朋友之間也常議論時局，不過，初生之犢不畏虎的青春忽地一下子就結束，緊接著成家立業，一家老小比老虎還威猛，他這隻牛每天拖不完的犁耕不完的田，沒有餘裕再談時局，入伍以後，更是盡量努力符合各種規定，想求個政治教育好成績以獲得榮譽假，回家看到妻子笑臉相迎，也希望砲校中心留用教育班長，自己能被看上，畢竟這兒離家近。

通過幾次大大小小考試，輔導長果然注意到他，把他叫到辦公室。

「你表現不錯，繼續保持，繼續努力。」輔導長讓他坐下來：「要說政戰工作，重要歸重要，但實際上很難做的，像我這位子，又要維護部隊紀律，又要讓間諜無可乘之機，你說費不費心？蔣部長說政戰人員要吃人家所不能吃的苦，負人家所不願負的責，冒人家所不能冒的險，忍人家所不肯忍的氣，哎呀，這是說到我心坎裡了。」

輔導長搖頭晃腦笑起來，他沒敢亂答話，只點頭。

「我看你有潛力，加把勁，把認識再深刻點，看能不能代表營隊去參加國防部的政治大考？要不，有了程度，也可來協助我辦理業務，屆時操課、構工可免，還派一套辦公桌椅給你。」

如此，他便一關一關來到這兒，挑戰下一關陸軍總司令部的考試。若能再考取，便再往上參加國防部的國軍政士考試，那是最後一關，也是最高榮譽。

「要當一個政士，可不是件簡單的事喔。」輔導長送他走出營區的時候，特別提醒他不要驕慢：「去年中心也有個班長，過五關斬六將，連考上去，但到陸總部那關，還是被刷掉了。」

在這兒，操練全免，關室研讀，從早到晚，除了吃飯時間，全用於讀書，讀得滿腦袋鏗鏗鏘鏘，累了，就給妻子寫信，妻子不需要背這些鏗鏗鏘鏘，她只想他早日回家。從營區遠望海面夕陽餘暉，他實在想家，如果能像新婚初始，那樣挽著妻子的手，到安平海邊散步，多好啊。

一九六五年七月三日

到此已是第三天，一切似乎較習慣了。

在這兒起居生活，除用餐時間，其餘全部自己支配，早上起床並沒限制，不過在軍隊習慣了，一到五時，就再也睡不著，妳幾點起床呢？七時吃早點，加了一顆鴨蛋，不過饅頭可沒砲校中心的好吃。中飯十一時五十分，下午五時五十分開飯，雖說加了五塊錢營養金，但菜色不見得很好，也許是幾個人的伙食不好辦，也許這裡的伙食根本辦不好。

家中現在沒有什麼事情吧？台南初中聯考已舉行，未知我教的這居考得如何？還有三弟，不知考得好壞？但願他今年能錄取，別再名落孫山。

離家這麼遠，不但平時不能溜回去，連假日也不得回家，真懷念！好在退伍日子快到了，到時就不怕再分離了，對否？笑一笑！

師範最後一年，他的成績可以去很多地方，可是父親說：「填志願，就是台南，台南，台南啊。」

他很認分，連府城都沒去，就留在安南區。

畢業第一個月領到薪水，才回家，母親便立即伸手收了去。

接下來就是結婚了。

媒人介紹對象，事前以為不相識，結果兩家父親竟是日本時代的公學校同窗。媒人說，岳父一聽到父親名字，就毫無疑慮說：「建元兄喔，伊是阮彼班最勢(擅長)讀冊的，若是伊的後生(兒子)，一定無問題。」

如此，事就成了。

學校同事陪他經過市場，去偷看未來的新娘。他說不出心裡什麼感覺，緊張當然，又談不上小鹿亂撞、衝動、暈頭暈腦之類，比較是新奇吧，一步一步走向做為一個成年人的自己。

新婚生活總有甜蜜，然而，結婚無法持家，或者該說，持兩個家，讓妻子漸生怨言。妻子婚前跟著岳父賣菜，圍裙口袋鈔票出出入入，錢是管慣的；他是長子，即便成家，仍得幫忙扶養弟妹，每月發餉日一到，他下班還沒進屋，便見母親坐在門前等著，兩個女人計較金錢簡直如同作戰，還有下田，妻子哀怨更深：「嫁教員薪水低無要緊，哪知影閣要作穡(務農)，割甘蔗割甲我規雙手全全傷。」

學校、家庭兩頭燒，雖然可以申請保送師範大學，但父親妻子都不希望他離家，忙到教員義務期滿，妻子有了身孕，緊接著，兵單來了。

妻子哭得淚人兒，他身不由已，當兵是義務，他能怎樣呢？當兵也靠運氣，今日調到哪兒，明天派去哪兒，不是他能選擇。他只能盡可能一封信、一封信報告，字裡行間說些情話、安慰妻子忍耐。

一九六五年七月八日

自古以來上一代和下一代都在不停鬧著意見，對於母親我並沒有什麼方法可想，只能請妳忍耐一點，說對說錯全不去管她，因為她可說是天，而我們呢，是地。希望妳多謹慎，多細心，外出時告訴她一聲，她身體不舒服時，多請問幾聲，遇到她發脾氣，冷言冷語，都把它當作沒有聽見，回答她的問話，別把那些開玩笑的字眼順口說出來，也別因為妳心中生氣而口不擇言，她待妳怎樣，也千萬不要向外人講。總之一句，就是一切順從她，不要去違反她，對於她的一切言行，一切當作對的去想。

我希望妳可以諒解我，畢竟她是我的母親，我對於她也不能有絲毫的反駁，妳說是嗎？

這兒生活環境不錯，可惜的是缺乏水，洗澡是一大問題。樹木相當多，樹上小蟲也不少，尤其是那種長毛的紅色小蟲，假如讓牠爬在身上，就會發癢，紅腫，真是不幸的，昨天不知在那兒讓牠爬上了，整個右手癢得很厲害，不舒服了一整天。還好，今天買了一些消毒片吃了以後，已經漸漸好了。

等了幾天沒有妻子來信，他約莫猜得出來，因為提到母親又惹她生氣。直到清崗這兒的訓練時程就快結束，才來了通知，說有封報值掛號信。

他來來回回跑遍營區，先按交代去找這兒的連長領，但連長外出。找副連長，答不知道，要他去向政戰處領。

他去到政戰處，主辦人已經下班，只得耐著性子，等待一晚。

隔天一早，吃過早餐，即去政戰處，這回主辦人在，卻說信已由連長代領走了。兜一大圈，還是回頭找連長。實在傻，偏偏還四處找不到人。他有點火氣。壓著等到下午，才在營區辦公室找到連長。一看，原來是妻子來信，附了現款一百五十元。

他在信上說了買消毒片的事，妻子掛心他身上沒錢。

一股氣至此也就消了，心內略略平靜下來。這幾天常感氣悶，大約成天看書，吃不消。偶爾也會想休息，但看別人那麼認真，只得繼續拚命。一天一天過去，除了看手錶勉強知道日期時間，外面社會消息、天氣怎樣，一概不知，簡直如同隱居。回想剛開始被挑中代表參加測驗，以為幸運，可免曬太陽出操，現在卻反而覺得操練也好，至少有人互動，說渾話……

「給我們考個國軍英雄政士回來吧！」出發前，不僅輔導長，就連連長都跟他拍肩打氣：「屆時整個營區也會沾光，受到表揚呢。」

想到這兒，他便再緊束起來，無論如何，能到這兒來是莫大的榮譽，各單位對考試成績斤斤計較，他就算不當英雄，也不能當罪人。

做幾個深呼吸，轉轉脖子，扭扭腰，活動筋骨，他繼續埋頭和教室裡其他人同樣讀書：

——文藝運動須以三民主義與倫理、民主、科學為方向，貫會中西文化之所長。

——第一，是發揚民族仁愛的精神。

——第二，是復興革命武德的精神。

——第三，是激勵慷慨奮鬥的精神。

——第四，是發揮合群互助的精神。

他一邊讀，一邊寫，領袖年初訓示的國軍新文藝運動十二項推行綱領，得牢牢背進腦袋裡去才行。

——第五，是實踐言行一致的精神。

——第六，是鼓舞樂觀無畏的精神。

——第七，是激發冒險創造的精神。

——第八，是獎進積極負責的精神。

——第九，是提高求精求實的精神。

他再度站起來，走來走去地背，搖頭晃腦地背。

——第十，是強固雪恥復仇的精神。

——第十一，是砥礪獻身殉國的精神。

——第十二，是培育成功成仁的精神。

他坐下來，把全部十二條，重新整理一遍：先講民族革命抽象大精神，再講個人小我該怎麼做，最後，雪恥復仇，獻身殉國，成功成仁。

這是他強理出來的邏輯，幫助自己記得牢，不至於背錯條目。從師範學校軍訓課以來，他一直就是這樣做。張光明和劉平當年為了想遇著軍中詩人而頻頻上咖啡廳去，他那時很納悶，怎麼軍人拿筆也拿槍的？直至入伍，背了這麼多東西，才知道原來反共復國，文藝亦是戰鬥的一部分。

「當年就是因為未察文藝工作之重要，導致軍隊內部組織無法團結、精神訓練失敗、軍心動搖，才把大陸給丟了。」他格外記得有位教官，在台上，雙手展開，宛如布道：「現在，我們要從文藝進行思想上的反攻哪。」

張光明現在在哪兒呢？應該和他一樣在哪兒當兵吧？從文藝進行思想上的反攻？他笑了，這下軍中文藝刊物可夠張光明看了，他應該很有本事參加國軍文藝徵獎比賽吧？雪恥復仇，獻身殉國，成功成仁，他端詳這幾個字，好像有點詩意，張光明講詩意，可這是要上戰場的，戰場能談論詩意嗎？戰場要有詩意那是戰死時刻吧……

他迷糊了。精神，精神，精神，他捏捏自己，十二項精神，再背一遍。結婚前，他曾經寫信到張光明的舊家去，希望他來村裡吃喜酒，可是，石沉大海，婚禮除了親戚與新同事，一個師範同學都沒有……

精神，精神，精神。腦袋不聽使喚。看看手錶，原來已經接近熄燈時間，他拿出紙筆，快快給妻子覆信，說已收到現款，交代即將北上考試，莫再來信清泉崗。家中事情，只問兒子長得如何，其他不再叮嚀。

七月二十二日，帶著長官和同袍的激勵，他搭車北上，到陸軍總司令部參加國軍政治大考。台北路面很寬，陽光沒有台南熾豔，卻感覺熱。

七月二十三日，考試結束，腦袋清空。他毫不耽擱地回了台南，妻子這回笑臉，孩子的病也好了，啊，真好。

三弟考上職業學校，學些財務會計知識。自己任教的班上有幾位孩子考進初中，其中一位學生媽媽知道他回來，帶著籌不出學費的苦惱來謝謝老師。他安慰那媽媽說，窮人家的孩子，想從命運翻身畢竟靠讀書，雖然眼前辛苦，但難得孩子能讀，大人就盡量牽成吧。

七月二十五日，提早吃過晚飯，回營報到。

七月二十六日，早上六點，宣布考試結果，當日旋赴台北陸軍指揮參謀大學報到。

一九六五年七月二十六日

我已再度來到了台北，沒有人可以預料得到，也沒有人敢於預料，我通過了陸總部的政治大考，而被選拔到此，準備參加國防部的國軍政士考選。

昨晚離家後，回到砲校中心立即向指揮官報到，當時，關於考取與否或其他情形，尚未報到中心來。不過，今早六時多，政戰主任就通知我錄取了。聽到消息時，一方面高興，一方面又惆悵。高興的是我終於考取了，惆悵是又要離開妳，且離得那麼久，那麼遠。

早上，照樣坐十點八分的普通車北上，到台北已是七時，再抵達參謀大學報到，已將近九時了。

參大位於台北圓山附近，環境異常優良，一房住二人，每人一桌一椅，一盞日光燈，一個書架，一張彈簧床，還有一個小型衣櫃及鏡子。到底還是大學的設備好。浴室設備齊全，廁所亦很方便。總之在這兒一切良好，只不過是離家遠了點而已。

在這兒要集訓到八月中旬，國防部的會試可能在八月二十日，剛好是我退伍的那一天。考完後，就可直接回家了。關於退伍應交還的東西，凡現在能交的，我都已交還給公家，退伍手續也找好代辦的人。所以，雖然到此受訓，並不會影響到退伍的日期，只是從現在起，要等到退伍時才能再相見。未免難過，但忍耐點吧，再見時，就是永遠相聚的時候了。

錢的花用，這兒就是研讀集訓，應該不會用得太凶。今早指揮部發給三天旅費一百五十元，營部慰勞五十元，而且，因為考取，預訓部每人發給五百元獎金，陸總部每人發給一百元。雖然獎金尚未發下來，但應該不會有問題，妳別再寄錢來，假使真有需要，我再寫信告訴妳。

基隆河北岸，雞南山山麓以南，大直，他喜歡這個名字，那天晚上搭乘十七路公共汽車，到外語學校站下車，天色已經黑了，周遭風景看不清楚，黑鴉鴉一片。

砲校中心這回只剩他一人通過陸總部考試，不過，在台南火車站，另有其他單位共二十人同車北上，大家都是第一次到這地方來。附近民家不多，除了陸軍指揮參謀大學，還有忠烈祠、中央廣播電台、美僑俱樂部、三軍外語學校，都是聽起來很重要，但對他們來說很陌生的機構。

一九六五年七月三十一日

到此已近一個星期，生活習慣較正常了。

現在時刻九點半，妳應該進入甜蜜夢鄉了，但我才剛放下課本，拿起信紙給妳寄信，希望妳能體會我的心情，是多麼關切妳，多麼懷念妳。

在此，照規定一天自修七個小時，但大家為了能在國防部會試得到一個政士，都拚命研讀，一刻也不敢輕易浪費，整天手不釋卷地苦讀。不過，距離考期還有段時間，我的心情不像在台中時那麼緊張，偶而還能午睡休息。

伙食尚可，雖然沒有加菜金，但並不比台中差，吃的問題，妳可免掛慮。

在此星期日可外出，不過，明天我暫不考慮出去，一來浪費時間，二來浪費金錢（台北電影稍貴，半票就要十元），三來天氣又熱，不如窩在房裡看書或睡覺。妳呢？星期天打算做些什麼？多休息，要不就為我祈禱吧，讓我考個政士回家，如果考上了，不僅可以二十日退伍，還可能有好幾千塊獎金呢。

雖在信上和妻子說浪費時間浪費錢，但第二個星期天，他還是起了好奇心，和另外兩位也是台南上來的同伴去逛中山北路。同伴有親戚在德惠街的西裝店工作，要他們沿著中山北路走，只要見著新開幕的統一飯店，就一定找得到。

中山北路的確繁華，比起台南來，是另一番氣象。統一飯店有十層樓高，一個晚上住宿聽說就要四千多塊。飯店對街很多西服店，親戚和他們一樣是二十出頭的青年，正埋頭做針線活。

店內師傅比他想像要多，人人都忙。親戚打從少年十五、六歲北上來當學徒，該吃的苦都吃過，所幸當兵前已經半出師，能做褲子、背心，退伍後又回來這條街，現在西裝、大衣也會做了。

「布料兼手工，美金三十幾箍（元），對他們美國人來講，毋但俗，手路閣好。」親戚說：「美國人見擺（每次）來，攏是注文（下訂）十幾軀（套）。」

親戚雖然只大他們幾歲，但是一副見過世面的樣子，他沒打算回南部，希望就在這兒打拚到四十歲，可以開一家自己的店。

吃過午飯，他們在飯店附近走了走，馬路前頭很有風情，但後邊破房子不少，幾件衣服掛在竹竿上。同伴要繼續去逛晴光市場，他熱壞了，也不想多花費，遂一個人走回去。

一九六五年八月十五日

妳怎麼都不給我來信呢？是否我有對不起妳的地方？或者有什麼地方讓妳不滿意？妳在生我的氣？妳不想念我？或者妳工作很忙，忙得連寫信都沒有時間……總之，我就是想不通原因，為什麼妳不給我信？

信一封一封接到，有班長來的慰問信，有連長，有同梯的鼓勵信，也有預訓部主任來的勉勵信，但一封一封信中卻沒有妳給我的一封，即使再多的一百封也沒有用，因為即使他們有一百封信也抵不上妳一封信給我的欣喜，為什麼呢，妳為什麼不給我信？

到此已十天，再剩下十五天就考試了，也就是退伍了，妳難道不高興嗎？照理，剩下這麼十幾天，妳應該給我鼓勵，給我加油，讓我能考個國軍政士回去，又退伍又當政士，何樂而不為，但妳為什麼不給我信？

昨天，陸總部已每人發獎金　百元，預訓部也派人來，每人送水果費一百元，但五百元獎金未知如何，也許時間尚未到吧？

二十日早上將在國防部舉行會考。會考前繞場一周，奏樂慶賀，像運動會開始時一樣。去年參加會考人員每人襯衫兩件做為禮物，考後並舉行會餐。今年的會考者應該也可享受到去年的待遇吧。

那年八月二十日，如他所預料，在國防部舉行的會考是隆重的，考前確實繞場一周，也確實奏樂慶賀，他們這些來自四面八方的官或兵，個個埋首苦寫，像運動選手咬緊牙關，衝向終點，氣喘吁吁。

考完，隨即退伍。

他匆匆趕回家。接下來的生活，妻子一如往常和母親鬧著脾氣，甚至愈演愈烈，他被兵役中斷的婚姻生活，似乎怎麼樣都沒辦法回到新婚的甜蜜，會喊爸爸、會走路的兒子也真正將他推上了養家活口的軌道。

他回到學校服務。日本時期是本地優秀教員的周老師請他接手高年級的升學責任。「你看，遮爾（這麼）厚，亦是看袂清楚。」她挪挪鼻樑的黑框眼鏡，嘆口氣說：「目睭（眼睛）毋好，國語嘛無法度，好來退了。」

過幾個月，砲校中心轉來通知，政治大考最後一關，他通過了。輔導長開心得不得了。

國軍政士證明書暨獎金提前撥發下來的時候，妻子也很開心。

十二月底，他依通知書報到，和全省各地的國軍政士，在台北火車站會合整隊。當他們列隊走出車站的時候，人潮掌聲四面八方湧來，姿態優雅的鐵路小姐為他們別上胸花，「向國軍英雄政士致敬」的布條在四周翻飛。

受獎隊伍裡有幾位配戴帆船帽的女性軍官，使他想起離村之後便不曾再謀面的少女春鶴，她穿上軍服莫非就是這副模樣？整齊劃一，精神抖擻，看起來很美，與現實生活嚴格區隔的美。只要穿上軍服，不僅外型，就連眼神與笑容也會截然不同：他是國軍政士蘇清治，效忠領袖的蘇清治，而不是台江內海小農村裡的少年蘇清治，同樣，春鶴也不是那個跟著他的小女孩春鶴了。

他們坐進廂型車，由軍樂隊與學校樂隊開路，從台北火車站，經重慶南路、衡陽街、延平南路遊行至國軍英雄館，沿途擠滿民眾和戴著帆船帽的學生，朝他們揮手，鼓掌。

台北商街繁華，招牌林立，可他根本沒空看仔細，鞭炮、濃煙、喇叭、軍號吹得震天響，還有人舞著獅頭，四處掛滿氣球——他忽地想到，回家的時候，記得帶個氣球回去吧，孩子一定高興極了，就連妻子也會笑得甜滋滋，畢竟她也只是個二十歲出頭的年輕媽媽，會想體驗拿氣球在街上走路的心情吧。

下午，長官訓話，安排幾位代表接受記者採訪，其中一位女青年工作大隊出身的國軍女英雄，成了鎂光燈焦點。他沒有任務，遂得短暫自由時間，到新建的中華商場去。忠孝仁愛信義和平，整整齊齊三層樓水泥建築，八段商家各有特色，可惜他時間不多，只能在電器店看看；前不久，用獎金給家裡添購了電鍋，妻子非常開心，現在，他想著是不是給自己買台收音機。

中華商場附近，就是劉平當年經常吹噓的西門町——這個師範同學，那年暑假回台北後果真休學——這回不可能去了，但記得劉平提過在衡陽路一家照相材料店學攝影，便利用回程找了找，搞不好就能遇上。

他經過幾家西藥房、咖啡館、書報攤，似曾相識的住址附近，沒有什麼照相材料店，只有一家小書店。他好奇走進去，迎面擺了許多雜誌，封面皆為人物，其中之一他認得：海明威，那是張光明送過他的。架上另有小書，他隨手抽抽，翻翻，直到一個繽紛混亂的書封，上頭三個黑色手寫字吸引了他：《水之湄》。

啊，他忍不住低聲叫出來。葉珊。張光明說這個人和我們同齡呢。

那天晚上，中山堂光復廳，領袖賜宴國軍英雄政士。餐桌鋪上白巾，餐具妥妥當當，領袖以長輩口吻對他們說話。平常大致能懂的領袖鄉音，這時不知過於驚嚇抑或距離太近、太家常，他反倒沒有完全聽懂，只略知領袖要他們「負責任」、「帶頭示範」、「要研究，要天天有進步，看怎樣使得文化發生特別的效用……」

他反覆聽到很多次「鏡子」，實在不明白領袖為何提起鏡子，亦不明白鏡子與復國、建國、戰鬥有什麼關係？他愈聽愈慌張，為了不要顯露出來，便把身子坐得直挺挺，更加細心聆聽前言後語，猜測詞與音——忽然，一個瞬間，通了，原來不是鏡子，是政士呀。

翌日，翻過新的一年。全體盛裝前往中山堂，恭候領袖蒞臨，主持國軍英雄政士團拜。

當領袖從布幕走出來，偌大空間，鴉雀無聲。領袖邊走邊朝台下巡望，那氣勢，迥然不同於前一晚，每個人都覺得領袖的眼神剛好就準準地落在自己身上。

領袖開始講話，聲音同等嚴肅，但和日常從廣播聽到的不同。這就是國家，就是領袖，就是榮耀，要有榮耀才能置身此地。他排在隊伍裡，不敢顯露一絲輕慢，連眨眼也不敢，直視台前，深紅色絨布，白色流蘇，亮光光的額頭，好長的耳垂。喔，人們都說耳垂福氣，原來是這樣子的。

致詞之後，就是領袖為國軍英雄政士配戴胸章的重頭戲。被叫到名字的人，先大步向前，停，敬禮。等領袖回禮，才能再大步往前。

他仔細看著，心裡暗記程序，深恐有任何差池。

「蘇清治！」

「又！」他聲音宏亮。

大步往前，停，敬禮。等。領袖回禮。再大步往前。

他站得直挺挺，領袖握了握他的手。手心涼涼，鬆鬆地搭著，然後，似乎稍使了力，結束，放開手。

他繼續抬頭挺胸，直視前方。領袖面露嘉許、點點頭。他想，原來這就是那張偉人的臉。從小到大，到處高掛偉人照片，他望著望著總覺兩頰笑容紋路好深，膚色真好，現在，他得趁這唯一的機會好好看清楚才行——

那片刻，事事物物擁擠著他的腦袋——

那片刻，宛若巨人走路，一個步伐便沉沉過去了——

他還來不及看清楚什麼，屬於他的局面已經結束。他感到手心微微汗溼，那是自己的還是領袖的？喔，不，一定是他自己的。他在想什麼？胡言亂語不怕掉腦袋嗎？他太緊張了。照相機的閃光燈啪拉啪啦響。

他往右挪一步，換下一個。

儀式過後，來到中山堂前合影留念。人很多，前排椅子坐滿，後面再踩著樓梯站上去，他在倒數第二排，兩側紅布貼字：從革新中開拓復國機運，在戰鬥中完成建國使命，披著斗篷的領袖居於首排正中。

好多攝影鏡頭對著他們。咔嚓。一定有這個聲音，可是他聽不見。這一天太熱鬧了，又是團拜又是元旦。他離開會場，好多路口立了牌樓，踩高蹺、蚌殼精，聽說總統府周邊還有樂儀隊表演可看，但他已經歸心似箭。

台北火車站前，三輪車、小汽車交雜，老少婦孺提著大小行李，來來往往，他穿著軍服，穿越人群，戴著獎章，坐上回台南的普通車。車廂搖搖晃晃，經過了西門町，經過了中華商場，然後，又經過了淡水河，在這一連串極致的刺激之後，疲倦如山泥掩來，車廂繼續搖搖晃晃，他很快睡著了。

一九七六：雪裡紅

晚餐桌上多了盤沒吃過的菜，妻子說是醫生太太送的。他夾一口放進嘴裡，切碎的青菜有點苦，但也不是苦瓜那種滋味，混著乾扁的肉絲。妻子說是照著醫生太太的教法去炒，拿捏不住準頭，見鍋裡青白青白的，沒胃口，忍不住倒點醬油，結果太鹹了，顏色也不對。

雪裡紅。醫生太太給的名字。妻子問：「紅是番仔薑（辣椒），雪，佇佗位？」他也說不出來。這麼好聽的名字，入口其實有點澀，如果不是辣椒刺激，還真吃不下去。辣椒紅，雪花白，白在哪裡？肉絲嗎？那倒是被妻子炒黑了。

「我臆（猜）講這是啥物，結果——」妻子神祕兮兮地：「你敢食會（吃得）出來這是啥物菜？」

他再夾幾口，放進嘴裡細嚼慢嚥，苦甘苦甘，似曾相識，又有層老味蓋了過去。

他繼續嚼，啊，他吃出來了，是芥菜的味道。

芥菜，六月割菜假有心的彼个割菜。

母親就愛吃這個菜，從小到大，餐桌常有，他想不記得這滋味也難。母親的做法是把菜放滾水裡燙熟，再放鍋裡和薑絲清炒，沒人搶的話，她一個人可以整盤吃光。因為苦，弟弟妹妹總不愛吃，除非餓。輪到他，往往沒剩什麼其他菜可吃，結局便和母親一同揀芥菜配飯。母親很滿足，他是無奈的。

然而，此刻，這盤菜吃起來卻似乎沒有那麼苦，聽說人年歲多了，口味也會跟著變，是這樣嗎？或是菜切碎的緣故？搭上肉絲、辣椒，孩子們不知是肚子餓還是不挑食，竟也吃了大半盤，伸著舌頭喊辣。

「醫生太太講個過年一定食這項，用鹽豉（醃）。」妻子說：「今年做較多，分一寡仔（一些）予咱。」

只有鹽嗎？他邊咬邊分辨，總覺還有什麼其他的味道，就是說不上來。

「我有食著淡薄仔（一點點）石頭味。」妻子說。

「有可能，豉的時陣，提石頭壓佇菜頂頭。」

夫妻倆邊吃邊瞎猜，把晚飯給結束，碗盤洗淨，叮嚀孩子寫完功課早早去睡，然後下樓，一個繼續縫紉，一個出門去家教賺錢。前屋的李內科，已經把門拉下了，天色微暗，他彎腰從門下鑽出去，跨上機車，發動引擎，往不遠處的中洲寮去。

中洲寮是他們日常採買的街莊，市場裡這戶、那戶都相識，其中生意興旺的家長找他來給孩子加強功課是自然的事，眼前他也需要更多收入。打從兒子接近上學年齡，妻子想方設法要搬出村子，說是重視教育，也是婆媳間實在鬧到不能再鬧，兩個女人個性都強，他與父親夾在中間根本說不上什麼。有陣子，妻子不顧反對到街町去學做裁縫，聽人說安順方向有地要賣，回來跟他打算，說難得大馬路邊，以後一定發展，標會借錢也該買下來。

說是大馬路，其實離中洲寮有點距離，又還不到溪頂寮，前不著村後不著店。寮，是草寮的意思，移民安身之所，在這片內海陸化而來的土地，很多聚落都這樣稱呼。他出身五塊寮，妻子是總頭寮，兩人在中洲寮相親；中洲寮鄰近中央公路，可以去西港、佳里，也可以進府城，妻子就是相中了這條主要幹道旁的土地。

他不得不佩服妻子的膽量，最初來看地的時候，這段路土沙茫茫，客運站附近孤伶伶雜貨店、機車行，兩、三間逃過拆遷命運的老屋，一戶被拆去左右護龍、只剩下正身的三合院。妻子那邊有個建成阿舅，就住在其中。

「我和你阿妗兩个，按呢(這樣)就有夠住。」建成阿舅消息靈通，能夠說出屋前屋後田地是誰的，又指著他們預定要買的土地後方：「彼爿直直通甲鹽水溪，聽講已經劃作工業區，較俗嘛毋通(不能)買，一定要買大路邊。」

妻子堅持要蓋有店面的房子，就算自己不做生意也能租人。只是，付完買地錢，他們連每月吃飯開銷都得精算，哪來餘錢蓋房子？妻子毫無懼色從岳家親戚東拼西湊借了五萬塊，找人畫圖動工蓋房子，錢用盡，沒得付了，就暫停一陣，等到積夠錢，又開始，其間土水之類做得來的小工，夫妻倆自己也下場去做；要說白手起家，這的確是了。

房子剛完工，妻子就交代他找房客。先讓學校裡的女同事李淑嵐租了單房。淑嵐老家湖南，但在台中出生，師範學校畢業分發到他們學校來，人生地不熟，學校裡喊他主任，個性純直和他的么妹有幾分相似，日常生活瑣事，衣裳要縫要燙，常常來請問妻子，雖然語言不通，但阿嫂、阿嫂很快也就叫熟了。後來又有妻子以前的裁縫店介紹，住過一對夫婦，但未滿一年便匆匆搬走了。

差不多是那之後半年，他記得很清楚，就是老總統去世不多久，學校還按照規定降半旗的那個月，來了李醫師、李太太說要租店面開診所含住家，要了一樓全部，還有二樓空出來一間房，給他們兩個女兒住。

他剛開始不是很放心，畢竟對方打哪兒來，全摸不著頭緒，但妻子覺得租人作診所，算是文市，不會弄壞房子，看起來也稱頭。李醫師方頭、高個兒，拍胸脯說自己剛從軍裡退下來，領有「總統牌」，看診沒問題。李太太快手快腳讓人把一樓用薄木板隔出診間、掛號櫃，屋前且掛起白底墨字的招牌，寫著「李內科」。

如此，一間新屋擠了三戶人家，樓梯爬上爬下腳步聲，炒菜聲，少男少女聽西洋歌，李太太聽國語老歌，妻子踩著裁縫車聽電台放送，式樣單調的長屋變得煞是熱鬧。李醫師每天吃過早飯進診間，無患者可看就看報，偶有病患踏進來，李太太靈活得緊，能招呼幾句台灣話，兩名女兒白衣黑裙，頭髮夾得齊整，和他的長子阿遠同樣等客運車去市區上學。

客運車站旁，這幾年，建成阿舅攏攤賣起早點，豆漿米漿是阿妗親手煮，菜包饅頭則是批來的，每天早上，顧攤的建成阿舅若見阿遠出門，定要喊他過來，塞一個熱騰騰的饅頭給他。

按理來說，建成阿舅這般歲數的人，應該在總頭寮兒孫滿堂，但聽妻子說建成阿舅年輕時瀟灑放浪，四處結緣，放著正妻和子女不管，日本時代就和家族不合，戰後落魄，身邊只剩下當年在藝伎間贖來的愛人，就是屋裡那位阿妗。

妻子對阿妗有些顧忌，和建成阿舅卻是投緣，很多生活打算，會想聽聽阿舅的意見，起心動念買這塊地，也是建成阿舅牽成。回想那段兩手空空也壯膽跟著人家蓋房子的過程，他自己的母親數落到不能再數落，真敢鼓動他們年輕人打拚的，只有建成阿舅。不過，當房子掛上了「李內科」的招牌，建成阿舅似乎不怎麼理解，以前三不五時就帶些沒賣完的包子饅頭，不知哪兒弄來的魚肉，過馬路來家裡和妻子聊天，順道給外甥兒女加菜，現在，卻不怎麼愛來了……

天色亮開，他早早到學校，站在校門口，看孩子們一群一群到來，國民義務教育由六年延長為九年，他們就算對讀書沒興趣，也還是得來。

他自己來到這所學校，說起來，同樣是因為國民義務教育延長的緣故。在這之前，他在隔壁小學任教，區內最資深的教育前輩邱校長，透過周老師，問他是否願意轉到中學任教。

他盡力而為，該補的資格與進修，也即刻去設法了。他打心底敬佩這位邱校長，日本時代，在連教室也沒有的條件下，邱校長東借西借弄出一間補習學校，帶動本地農業教育，進而成了本地第一所初中。現在，國民義務教育要增設中學，委託邱校長籌備，想來也是理所當然的事。

不過，學校實際運作之後，換來一位徐校長是福州人，說起話來捲著濃重的鼻音，他自己也知道似地，講完就瞇瞇笑，對人對事一派文人樣，還寫一手好書法。教務、訓導、總務三室主任亦由外地調來，倒是下面副手，邱校長建議由本地子弟擔任，讓他教書之外，還兼任管理組長。

他沒想過這一天，被管的變成了管人的。他由蘇老師變成了蘇組長，那些成天盯著的學生，牽來牽去都是草地親戚，附近剛完工的社會住宅，一批學齡孩子也編到他的學校來。村裡人喊那兒叫貧民厝，十三、四歲少年擠在八坪、十坪小空間，滿腔躁火，無可發洩，索性成群結黨混流氓，逃學、打群架是常有的事。他好說歹說無效，只好拿根藤條追著學生跑，打手心最多，要不就是罰半蹲、伏地挺身、跑操場。早出晚歸不說，就連下課時間，學生在哪兒撞球鬧事，他也得趕到，使盡力氣和叛逆小獸爭強鬥狠，時不時感到荒唐，簡直得耗盡心性才做得來這些。

幸而草地囝仔，血氣方剛愛打架，思想問題倒是不多。從管理組長到訓導主任，他最心煩無解不是縱向的權力，而是橫向與其他處室的互動。他沒想過做教員這樣複雜，以前安全室，現在併成人事室，該小心的同樣還是要小心，賀主任就在那兒管事。他看也看過，考也考過，自己生在什麼樣的時代，了然於心，賀主任也不是多難相處，既然端了那個飯碗，人人都得自保，這他可以諒解，但每每風吹草動，便要搞得鬼影幢幢，實在叫他難以為人。幾位鄉親老教員、外地分發來的年輕老師，他怎麼看都不覺得有什麼，賀主任卻盯著不放。

「沒事的，不可能的，他那人單純得很，生活都正常的。」他不得不拉下脾氣，和賀老師好說歹說：「他對誰都是這樣，比較冷淡而已，哪談得上什麼侮辱？」

「防患未然呀。」賀主任總是一副懸疑神色，重複地說那幾句話。

或有學生不知輕重亂說話，他得處罰他們做做樣子，抓準腔調跟賀主任商量：「鄉下小孩傻，何必當真？學校老有人來查東查西也不好，我們多輔導輔導就好，是吧？」

真有幾次，眼看無事就要有事，被賀主任逼急了，他有樣學樣，管他心裡踏實不踏實，先強勢往桌上一拍：「我保！行了吧？有事我負責。」

保密防諜人人有責，說得爽快，實在他心裡一樁一樁存著忐忑，幸而這些年沒真出什麼大事讓他負不了責。日日升旗，日日降旗，除了週一到週六，週日亦得輪值，應付鄉親家長各種合理或不合理的期待與埋怨，還有必須經常舉辦的演講比賽、公民訓育、救國團活動，上任五年簡直像過了十年長。

幸而最近兩年，新調來的丁老師接了管理組長，幫他分擔不少學生的事。丁老師，後來他直接叫他阿丁，是茄萣人，和他同樣出身台南師範，服務期滿繼續升學師大，畢業調回鄉來，年輕氣盛，打得下手，學生也很敢頂，雙方你來我往，彷彿要殺紅了眼。

「看你以後還打不打架？」

「不回答，好，有骨氣，我就打到你回答！」

「想做流氓是吧？好，先給你練一下。」

阿丁腔調有時是在玩，有時是真動氣了。他性情直，不會轉彎，口令、動作都要學生照著來，但打過頭學生也是會記恨在心的，阿丁的新婚太太就常憂心忡忡：「主任，若是予人崁（蓋）布袋要按怎啊？」

這天，果不其然，午休過後，阿丁機車前後兩個輪胎全給刀割了。阿丁心裡有譜，氣沖沖想去找學生算帳，恰巧賀主任拿著幾份文件往訓導室來，見情景，撇撇嘴道：「哎呀，這傷腦筋呀。這些傢伙，說壞，還真是壞到極點了。」

雖然也是實情，但話由賀主任口中說出來，他和阿丁聽著就是不舒服。整個學校裡，阿丁和他，與賀主任互動最是微妙，說是合作，又權責不明，不知該由誰來交派誰，意見不同也往往是不好說的。

「光打也不濟事。」賀主任又說：「打狠了他還打你呢。」

「賀主任！」阿丁忍不下去了：「你現在是什麼意思？有意見是嗎？我們出去講。」

「哪有什麼意思，為人師表，性子別這麼火。」賀主任轉過來看著他：「蘇主任，你說是不是？」

他對阿丁使使眼色，耐住脾氣：「賀主任，你來有什麼事嗎？如果沒有，我和丁組長要去處理一下。」

「有事，有事，有大事呢！」賀主任晃晃手裡的公文：「我剛看了，這上頭訂製的蔣公銅像，怎麼還沒來呢？」

「公文上不是寫了日期？還沒到吧。」

「要催催呀。」

「現在各單位都在訂製，公共場所優先，怎麼催？能按日期來就很好了。」

「這樣說也沒錯，可是，蘇主任，我看，我們還是得想辦法催催才行。」賀主任東瞄西看，把他拉近身邊：「我說呀，那個，我們橄欖球隊不是拿了冠軍嗎？上頭來消息，說讓蔣院長來視察呢。」

原來如此，他知道賀主任緊張什麼了。

「橄欖球，這不都丁組長的功勞嗎？」他說。

血氣方剛有血氣方剛的用處，新學校，選新的運動項目橄欖球做發展重點，阿丁正是因此特聘進來的體育老師。十來個大男孩，固然常挨阿丁藤條，但在球場上跑起來，勝負與共，也是很有兄弟情感的。

放下割破的輪胎，他們站著討論預定放置在校門圓環的蔣公塑像，當然該催，但催過頭了也不好。「讓專家仔細做，做好最重要。」他試圖說服賀主任：「從程序到成品，屆時都要查核的，要是因為趕件出什麼閃失，就算少一顆釘子，你我也不是小事。」

「嗯……」賀主任苦惱了，踱過來踱過去，好不容易想出辦法：「至少在校園哪兒放個半身像？比如說，忠孝樓和仁愛樓之間那個川堂？」

「哪來得及？」

「讓黃主任跟教具商問問，應該有現成的。」

「經費呢？」

「這個嘛，跟校長請示請示，總有辦法的。要不跟家長會樂捐看看？成了也是美事一樁。」

他沒有再問下去。後來幾個星期，不僅他與賀主任，整間學校都忙於整頓，標語噴上新漆，禮堂國父遺像、元首玉照確認無誤，院長預定蒞臨前的最後週日，又是輪到他值班。

夏熱將至，妻子喊頭痛，要他把剛上小學的女兒一同帶到學校去。他開了窗，拉了天花板風扇，把女兒放妥在阿丁的辦公桌上寫功課，然後走出訓導處，照著固定路線，開始巡視校園。

走廊淨空，燈源確認，花圃路徑掃得乾乾淨淨，植物修得整整齊齊。老羅在工友室聽廣播，見他來了就喊：「蘇主任好呀。」

川堂的領袖半身塑像已經設置妥當，校長頻頻交代孩子們不要橫衝直撞。門楣上的橫匾，禮義廉恥，老羅看樣子也照顧到了，一塵不染。

他把這尊新來的塑像，細細打量一遍。照理講，每尊塑像都是相同的，不會也不能有任何閃失，但不知為何，他老覺得眼前這尊像有些不同。是微笑的神情嗎？還是姿勢、角度不同？說起來，他是親眼看過領袖的，不過，那時領袖戴軍帽，不同於眼前光頭，不，哪能說光頭，不要命了？那該怎麼講？額頭？天庭？他琢磨著，詞窮，感嘆自己離那全心全意擁抱知識的少年已千里遠，再說，當時領袖雖然親在眼前，但哪有膽量多看一眼呢？

他繼續按部就班，把校園各棟樓、各處角落給走完，回來的時候，見老羅彎腰在水龍頭下洗鍋洗菜。

「燒飯呀？」他招呼。

「是呀，難得星期天，我一早上了菜場。」老羅看來心情好，把手上菜蔬提起來：「蘇主任，你看，這苦瓜，美得！」

白玉苦瓜，確實真美。

苦字提醒了他，他問老羅：「是不是有種菜叫雪裡紅？」

「有啊，雪裡紅，味道挺好，我就喜歡吃苦菜。」

「雪裡紅，雪，指的是什麼呢？」

「雪不就是雪嗎。」

他更不解了。

「啊，」老羅也忽然想到：「蘇主任您沒看過雪吧，不過，這個您問我就問對人了，我們北邊冬天雪可多啦，這菜冬天裡長，紫紅紫紅的，一片雪裡看過去，是雪裡紅沒錯呀。」

原來如此，他與妻子都想錯了。

「不過，這兒吃的雪裡紅不是我家鄉那種，是用那個，咦，叫什麼來著？」

割菜。他差點脫口而出。「是芥菜吧？」

「對，芥菜，是芥菜沒錯。」

老羅是退伍後來的，年歲看起來比李醫生小，孤家寡人，成天待在學校。問他苦瓜怎麼燒，說就是燜豆豉，加點紅辣椒，好吃好打發。

回到訓導室，女兒還在生字格裡爬國字，一筆一畫端端正正。當孩子真好，什麼都是新的，舌尖、耳朵也靈巧，女兒寫字說話樣樣確實，租房子的李醫師常誇讚：「蘇老師，您這千金教得好哇，國語說得比我還標準。」

他搖頭。他哪有怎樣教孩子呢，孩子都是時代教的。看女兒用力握著筆桿，常讓他想起小時候對知識飢不擇食的感覺，生活匱乏，能有點別的什麼都是好的。他把女兒寫鈍的幾枝鉛筆拿過來，打開抽屜，取出小刀，一枝一枝幫她削尖。

抽屜裡除了文具，還有一根短藤條，一本去府城開會特意繞去書店買的《葉珊散文集》，兩樣物品都像紀念；他幾乎不打學生了，校園裡經常聽學生念課文：

我在吉普車上看它如貓咪的眼，如銅鏡，如神話，如時間的奧祕。我看到料羅灣的漁舟，定定地泊在海面上。

他沒去過金門，更沒去過料羅灣，向李淑嵐老師請教，才知道教科書裡這篇文章的作者王靖獻，就是那個張光明喜愛的詩人葉珊，原來詩人同樣得當兵，只是，詩人退伍之後，飛去了美國，這是許多同代人所走的路，可這條路，他怎麼想都想不出要怎樣才能走得到。

十九歲當了教員，二十三歲當了父親，生活一直來，一直來，他一屆一屆教育孩子們考初中，師專同期很多人繼續投考大學，繼續深造，出國，就職，他不時在活動或報紙看到似曾相識的名字，知道胡長宣在成大教書，至於張光明，聽說去考師大美術系，但後續就沒有消息了。

他把《葉珊散文集》取出來，與其看幾頁，不如承認只是想摸個幾頁，回味自己微薄的青春，尤其那素淨的封面，簡簡單單的字，美得讓他想起祖母對字的珍重，而祖母其實是不識字的。

「爸，那是什麼？」女兒寫完功課，湊過來說：「我也要看。」

該給她嗎？看得懂嗎？要說僻字、難字，這本書裡可多著了，但也或許就是這些僻字、難字，才讓詩人乘了翅膀去遠方吧？天羅地網，他本以為知識能帶他掙脫無知與貧困的束縛，奔向自由豐盛世界，但，顯然，他是快快地被抓了回來……

他帶著女兒回家，還沒上樓，便見李醫師與太太在廚房小桌吃西瓜。「您老丈人送的。很甜哪。」

原來岳父來過。妻子正在切西瓜，準備放進冰箱裡去。

他與女兒坐下來吃一點餘下的，妻子等不得似地說起新消息。

「阮大伯回來了。」

「大伯？」

「阿爸的大兄。真久以前去越南，你毋捌（不曾）看過。」

「是按怎臨時想欲轉（回）來？」他抓不著頭緒：「轉來看厝內人？」

妻子搖頭，帶一抹神祕表情：「轉來就是轉來。袂閣轉去啦。」又小聲加一句：

「聽講帶一个新的阿姆轉來。」

後來兩天，妻子枕邊細語，他總算搞清楚妻子這邊的親戚故事，原來不僅在台北的二伯是成功典範，這位早在十幾年前去西貢闖蕩的大伯，才真是驚嚇了家族的人物。

「我細漢（小時候）看過伊，印象真深。」妻子回憶：「伊講，彼爿的查某穿腰身真媠（美）的長衫，閣會當（可以）共（把）竹籃放佇頭殼頂行路。伊穿插（裝扮）足有派頭，予我真濟口香糖，為著食牛肉的代誌和阮阿爸冤家（吵架）。」

這樣的人回來了，丈人特別來報，講的卻不是財富、伴手禮，而是竊竊私語：

「聽講一堆財產無法度搬轉來，當作放水流。」

「伊本來無打算轉來，佇遐某、囝攏有，誰知拄著（遇到）這款時勢。不而過（不過），別人想欲坐船困難，妳這个大伯閣有本事坐飛行機轉來，嘛是將才啦。」

「無意料帶轉來的毋是當初的某囝，顛倒是一个差不多會使做查某囝的……」

丈人說得不甚光彩，但畢竟是家族裡的長兄，遠方歷劫歸來，祖厝怎麼講還是要辦一桌團圓飯，要他代為出面去邀請建成阿舅。

他左右張望，好不容易過了馬路，這兒確實在發展中，車子愈來愈多，尤其貨車開得飛快。比路面略低的內屋，吃飯桌椅、木板通鋪都是以前的款式，連燈泡也是舊的。阿舅不在。阿妗獨自坐在說是廚房，其實不過一口灶、一盞油燈的邊間，腦後盤著老式髮髻，吸菸神態卻有摩登氣味，憂悒神色，望著木窗外頭的車路。

他簡短說了來由，阿妗默默聽著，彷彿還沉浸在方才的菸裡，沒有要多說什麼的意思。

得再來一趟才行，他想。

然而，後來幾天，他把這事全忘了。

院長蒞臨，忙得他七葷八素。先是安全人員抵達，滴水不漏把校園查過，演練細節，就連上廁所的時間與動線都不能怠慢。橄欖球隊的孩子們怎麼上場、誰能應對，也得讓阿丁先交代好，再來，哪些班級下樓來見院長，哪些留在樓上鼓掌，樣樣都安排妥當。

時間到了，院長，領袖之子，在安全人員護擁下走來，身形、穿著和他上回在中山堂親見領袖的記憶很不相同。短袖白色襯衫在灰褲裡紮得牢牢的，繫著黑色皮帶，不是大搖大擺走路，而是背著手散步似地，東看西看，聽取說明的時候，兩手托腰，彷彿他隨時可以是局內人。他和球隊孩子握手，問他們怎麼做訓練，一如電視播出來的畫面，笑容和藹，閒話家常。雖說樣樣都是預作安排，但即使專業演員，也不一定人人上場都能做得這麼到位。

一時半刻，他想，時代真不同了嗎？以前花多少時間苦讀死背才得見領袖，此刻領袖之子就在眼前，然而，眼前使他困惑，這位院長不學他的父親展示威嚴，卻要表現去農村、去漁村、去工廠，握農民的手、孩子的手、老兵的手、罪犯的手，為什麼？他的樸實裝束，他的肢體語言，口吻神色，一不小心就讓人鬆懈心防，輕飄飄地妄動起來。

握握手又怎麼樣？千萬別傻！中計你就死定了！——他的腦袋裡有好些聲音在叫嚷——何必這麼多疑？眼見為憑，明明就親民愛物，國家大事若人人有意見，能怎麼治？風雨孤舟，最怕有人不知顧忌跳來跳去！——校長正在對院長做校園解說，他提醒自己不要忘神，不能鬆懈，眼前院長臉色淡漠，雖不嚴肅也絕非隨和，讓人抓不準他想些什麼。

陪著走到最後，大合照的時間，院長彷彿放鬆下來似的，和孩子們拍肩、握手，任眾人簇擁著宛如慈祥的家長。學生們也很入戲，握到蔣院長的手可不是小事，回家可以好好吹噓呢。

掌聲響起，大隊人馬按行程表離開，任務達成，他與賀主任都鬆了口氣。走回訓導室，他想也沒想就拿起桌上水杯咕嚕咕嚕灌了一大口，天花板風扇嘎啦嘎啦轉，他覺得好累，但是下一個鐘響又得去上課了。

「起立，敬禮。」

「老師好。」

「坐下。」

打開課本，周遭卻沒有靜下來。學生們也像家裡來了賓客，熱熱鬧鬧趁機脫序，收不了心。他應該敲敲桌子，喝斥他們安靜，可是，那一刻，他實在累，只是站著，不想說話，也不想發脾氣。

——假如你有一種理想，切不可將夢境當作現實來看；當你正在沉思些什麼，也不可存非非之念。

非非之念。知識分子就是老沽在自己一廂情願的思想體系裡。就說文學都是陷眠。切不可將夢境當作現實。

非非之念。少年躺在溝圳旁，坐在大樹下，望著天空的雲，到底有多遠？雲後邊又有什麼？

「我會煩惱。」很久很久以前，他這樣對張光明說。

張光明笑了。

他也想笑。

一笑便回了神，無雲無樹，一片靜寂，台下學生不知何時已經安分下來，面面相覷。

我為什麼會在這裡？什麼沉思，什麼非非之念？他想起來，那是院長的短詩，〈在每一分鐘的時光中〉，當兵時候，有個軍訓教官要他背下來：切不可將夢境當作現實，也不可存非非之念——

「翻到第三十六頁。」他清清嗓子：「上次講到黃河流域的氣候……」

好久以前的事，本該忘了，但救國團發下來《風雨中的寧靜》，他又讀到〈在每一分鐘的時光中〉，院長在書裡像個普通人似地，把他的追憶、自省都寫給你看。為什麼？他困惑，就像方才那樣困惑，他要怎麼判斷一個人？不，那樣的人是他可判斷的嗎？他不過是想判斷真偽，判斷理想抑或非非之念？在他們的時代，這位院長一直都在，在領袖身後，在他們身邊，就連金門他也去了，很久以前的少女春鶴，曾被院長深深鼓舞，她握過院長的手嗎？

張光明呢？軍中也曾握過院長的手嗎？此刻他在哪裡？窮鄉僻壤小教員？抑或跟著人家成了知識分子？張光明是有才的，就怕他那性子讓他不平安，就像學校裡的美術老師，倒掛著八字眉，什麼表情都不用加，就惹賀主任猜疑……

那個晚上，他沉沉地睡了一覺。隔天早晨，區公所的行道樹工程，從溪頂寮方向進行到他家門前，據說要砍掉木麻黃，改種菩提樹。建成阿舅和李醫生好奇地站在門外觀看。

他想起了岳父交代的事。

「明仔載（明天），我請一台車來載你佮阿妗去？」他對建成阿舅說。

「麻煩啦。我家己（自己）騎歐兜邁（機車）。」

「阿妗罕得出門，歐兜邁歹𫝛（不好）。」

「你阿妗毋去。她人毋爽快。」

「有影？是怎樣？」

「這幾日喊頭眩目暗。」

「敢欲來予李醫師看覓（看）？」他又加了一句：「抑（或）是請李醫師過來看？」

「免啦。」建成阿舅搖搖手：「人有歲了，歇睏就好。」

翌日，他一台機車載著妻子、女兒抵達岳家，三合院的門口埕已經擺妥兩張圓桌，是過年回娘家才有的陣仗。

說是三合院，左側屋牆已殘破，家族人丁往外移，索性封了不修。岳父如常用髮油把自己梳理得妥妥當當，岳母也如常在灶間忙碌。和建成阿舅坐在側室談話廳，身著花色短袖襯衫的長輩，約莫就是大伯。

阿舅是岳母的二哥，大伯是岳父的長兄，兩個好友把自己弟妹配成親，聽起來是這樣的故事。後來時代變換，大伯才高膽大，和人去北部占屋做生意，沒再回到家鄉，還牽成二伯去北部念書。過幾年，大伯要再去西貢做生意，找到穩定職業的二伯不去了。

「我一到台北就去伊厝內，住佇彼个仁愛圓環附近，袂穤（不錯）是袂穤，但是他這个人，無聊啦，一世人就知影上班賺錢，賺閣較濟嘛袂曉享受。」

說話的人就是大伯，但神情、口氣都挺健朗，見過世面的瀟灑氣。

廚房妯娌忙著，小餐桌邊坐一位陌生女子，他不用問也猜得出來是誰，但不知怎麼稱呼好。女子不會說本地話，帶著緊張的笑容，陪身旁一個七、八歲男孩吃飯。

外頭圓桌上的菜色漸漸齊了，魷魚螺肉蒜湯，筍乾烘肉，紅燒魚，青菜，炒米粉。大伯、阿舅、岳父，還有兩位姑丈，有湯有酒，話頭熱鬧，先是問問這房、那房做什麼營生？往不往來？孩子幾歲？誰去世、誰婚嫁？知道他在學校裡教書，便說起西貢那兒的華僑學校：「越南話佮中國話做伙教，國旗亦要放兩支，教傷濟，一般學校讀半工（天），中文學校要讀規工，以前我彼个大囝，就毋愛去。」

聽起來大伯在越南確實另有家室，遇此亂世，是人家不願跟著來？還是妻妾成群沒法全帶回來？不好問，大伯也沒提，就只回味當年越南經濟多好做，光賣洗衣粉、電風扇就利潤豐厚。

「恁叫伊趙鐵頭的彼个，較早佇越南就足有名聲，做紡織做甲削削叫（很厲害），無料到伊轉來改途做鋼鐵，閣做甲遮爾有名。」大伯說：「真有才調（能力）。」

「台灣的情形，你無瞭解啦。」建成阿舅應道。

「我哪會無瞭解？你才是世面看傷狹。」

「才調固然重要，運勢亦是要緊啦。」

聽起來像是鬥嘴，看表情又沒那麼回事。建成阿舅說了幾個名字，可能是他們往日的朋友，誰早就沒聯絡，誰莫名其妙坐監，孩子怎樣救濟之類。兩位與家族疏遠的人，似乎連語言、看法也與草地親戚有些不同了。他們繼續說著南越怎麼丟掉政權，大伯怎樣賤賣家產，黑市怎樣坑錢云云。

話題稍落，大伯盛碗熱湯，慢慢地喝，向岳父稱讚蒜苗真是好吃。

建成阿舅起身離桌。幾個年少孩子也吃飽離開去玩了。

岳父和大伯開始打算未來，報告家裡的田哪些自己做，哪些租了人，米種不出來，玉米、番茄還行，冬天就收地瓜與花生。大伯對務農沒多大興趣，改問中洲寮發展，台南社會如何。又轉頭問他帶回來的孩子年齡到了，但語言不通，怎樣設籍、怎麼上學好。

他一下子被問倒了，只能先承諾回去之後替大伯打聽，然後也起身離了桌。

建成阿舅好久沒有回來。

三合院廁所向來蓋在屋外，以前是考量衛生，不讓排泄物影響生活，也方便灌溉農園，現在卻成了孩子們的惡夢，女兒常常回外公家就憋尿，他雖習慣，但也不免覺得磚瓦間的蟲漬與蜘蛛網愈積愈多，後方香蕉樹也長得老高。建成阿舅原來早解過手，立在附近小徑抽菸。

每次來岳家，從車路轉進這條小徑，他都感到心情愉快，種來當圍籬的朱槿，終年常綠，入夏花紅燦爛，建成阿舅此刻愣愣站在花前，沒有察覺到他。

「阿舅，你食飽啊？」他輕聲招呼。

「喔，きよし。」建成阿舅回過神來：「我哺一枝仔薰（菸），你去食，去食。」

「真久無轉來喔？」

「嘿啊，恁丈人花顧甲真好。」

「你佮大伯偌（多）久無見面？」

「久喔，真久。免講越南，自伊去台北，阮就罕得見面。」

他在心裡隨便一算，台北至少十幾年光陰。兩個少年朋友，是發生什麼事情？

「阮這代人，環境啦。足濟代誌是環境來改變，毋是阮想得到。」阿舅又問：

「你這馬（現在）幾歲？」

「三十五。」

「真好。」阿舅點頭：「人生正當時，對無？」

他順從地微笑。

「算算，三十幾冬（年），狗去豬來，我彼當時拄好是你的歲，誰知影一世人抾捔（沒出息）。恁大伯較軁鑽（靈活），結果今仔日亦是轉來。你莫聽伊講話澎風，唉，阮這代人……」

建成阿舅踩熄一枝菸，又拿一枝，順手遞給他，他搖搖手。

「對喔，你袂使吃薰。歹勢，阿舅常常袂記。」

建成阿舅掏出打火機，俐落打開上蓋，清脆一聲，再刷個齒輪，火苗亮了。

「Zippo 喔。」建成阿舅讓他看打火機，藍色的：「拄才恁大伯送我的，講彼爿真流行。」

他依樣畫葫蘆，學建成阿舅點火，卻是手拙得很。建成阿舅笑了，把火點燃，要他晃晃打火機，試試看火會不會熄。

「這個牌子，閘（擋）風介有本事。」阿舅蓋上打火機，又是一個俐落好聽的聲音。

「恁讀冊人喔，有時讀得悾戇（傻呆）。」建成阿舅取笑他：「薰袂使食，博筊（賭博）亦袂使，連打票（買票），人嘛毋打到恁兜（家）去，講起來亦是損失真多。你老實佮我講，開票的時陣，關電火，是有影無影（真的假的）？」

「阿舅，莫講這啦。」

「好好好，莫講，莫講。」

「咱轉去食飯，抑無（不然）別人想說你是走佗位去？」

「好，轉去食飯，食飯。」建成阿舅忽然開朗起來：「毋著（不對），毋著，我欲轉去食米粉，恁丈母彼个米粉炒喔，拄才我食入嘴，險險哭出來。」

「是按怎？」

「佮阮阿娘煮的，一模一樣，唉，我這个憨妹仔……」建成阿舅把菸收進口袋，邊搔頭，邊向門口埕走回去。

他在原地愣了半晌，才會意過來，趕幾步，跟了回去。

一九八二：動物園

時間接近九點鐘，天色還沒亮開。都說台北陰天多，果然有那麼幾分味道。

車子速度慢下來，他準備招呼學生下車，再看一眼天色，覺得雲層後頭其實有陽光，只是給罩住了。

天色不開，就不開吧，他想，帶學生看動物園，這樣的天氣也是好的。

進了園內，各班導師帶開，雖然已是十幾歲的孩子，看到從未親眼見過的斑馬、駱駝、河馬，還是非常興奮，指指點點，喊著同學們來看。

他也跟著慢慢看過來，河馬張大嘴巴，圍在前方的三年甲班學生發出驚嘆，他注意到那個叫作許佳行的男生和同伴推推鬧鬧，仍是年少稚氣，身形卻有大人模樣了。

這是他第三次來到這個動物園。河馬，應該還是上次那隻河馬吧？這麼壯碩的動物，卻是草食性，沒來之前他還真沒想到。今年，他既不當班導師，隨團責任有總務主任、註冊組長等人輪流分擔，不來亦是可以的，不過，想到這個學期結束，自己也將和這些學生一樣從這個學校畢業，難免感觸；畢竟是踏入社會以來，待最久也進展最多的學校，就當作自己的畢業旅行吧。

「主任好！」幾個男孩和許佳行匆匆路過，馬馬虎虎問了聲好。許佳行和他視線交接，跑走了。

一大片水塘，一座長橋，很多的猴子。

慢慢玩，慢慢看吧，他望著孩子們。看完猴子，前方還有大象呢。

大象，想必是上次那隻大象——雖然他不確定河馬是不是上次那隻河馬——就算不是上次那隻，也必然是另一隻，他很清楚，這個動物園只有兩隻大象，一隻叫林旺，一隻叫馬蘭，無論從身形或象牙，人們很容易可以認出牠們。

嗨，林旺，我們又見面了。他隔著距離看林旺拍動耳朵，那耳朵真寬闊，像一把大扇子，像老家後院的香蕉葉。

「蘇主任……」一個細細的聲音，把他從鬆弛的思緒裡叫醒來。是三甲導師洪素美。

他有點意外。自那件事以來，他習慣了洪老師默默躲著他。

「您是真的要離開嗎？」洪老師問。

「當然啊，都報上去了。」

「我以為您會，一步一步，做到校長那位子的……」

他笑了：「妳想太遠了，一步一步，不就是慢慢來嗎？」

洪老師沒有笑，她這兩年，與其說沒有笑容，不如說同事們都怕她哭出來。還好。她也沒哭。人遇事總要學會堅強，特別是沒有人伸出援手的時候。

「蘇主任，多謝您的照顧。我總是擔心，怕……」洪老師吞吞吐吐：「我，我是想問，不會是我給您造成什麼麻煩吧？」

洪老師臉上神情又是羞澀，又是為難。

「哪有什麼事？」他故意說得爽朗，轉成台語：「本來就無啥物代誌。」

「但是……」

「好啦，莫閣講矣。」

那年冬天，高雄美麗島的事情，坦白說，他每天都看報紙，從頭到尾沒注意到洪老師的先生。不過，事情可能就像波浪，一圈一圈往外散出去，只要被牽連到，再小人物也會被帶走。洪老師的先生原來在永康那邊的小學教書，這類事，校內不見得人人知道，但賀主任與他一定會知道的。

洪老師年未三十，忽然沒了丈夫，還帶個剛進幼稚園的兒子，這種景況，他略知一二，當年入伍那些家書，收在抽屜裡，妻子忙得幾乎忘了，倒是他自己還會拿出來看看。

「去新學校，仝款是做主任？」洪老師問。

他搖頭。「教書就好。」想想又主動說幾句：「妳莫黑白想，我搬厝以後，通勤遠，聽李老師說有出缺，就做一个決定。」

「你是講較早教國文的那个李淑嵐老師？」

「是呀，伊結婚了後就調去彼間學校。」

洪老師點點頭，沒有其他回應。兩人默默看著學生，也看大象，林旺正靈巧地晃動長鼻子，捲起地上食物，送進嘴巴。牠的耳朵拍拍，尾巴也拍拍，這麼厚重龐大的身軀，細看，卻有個短小可愛的尾巴。

「啥物時陣會使出來？」他還是問了。

洪老師頓了片刻，低低地：「講是講，閣兩冬。」

「若是出來，敢有法度轉去原來的學校？」

洪老師又頓住，比前一次更久，似乎認真想著，但真想了便難免帶出情緒來：

「我毋知，蘇主任，你問這未來的代誌，我哪有可能知……這代誌，自頭到尾，我攏毋知影是按怎會變成按呢？」

眼看洪老師眼淚就要掉下來，他既想快快轉開話題，又覺得殘酷，眼前這位女人不知已經遇過多少次被別人當作麻煩，快快閃避的經驗。

他沒安慰，也沒走開，直到想起其他的事情。

「妳敢知影，恁頭家彼間學校，本來是糖廠的小學？」

洪老師收住了眼底的悲哀，點點頭。

「阮厝內有幾位序大人(長輩)，以前佇彼間糖廠食頭路，阮阿爸若是講到糖廠，總是懷念。」

「恁多桑這馬敢閣佇糖廠內底？」

「哪有可能，戰後變毋捌(不識)字，早就改作穡囉，這幾冬換作籤仔店(雜貨店)。」

「原來是按呢。」

「講起來，若是阮阿爸繼續佇糖廠，無的確(一定)我會綴(跟)去讀彼間學校。」

洪老師淺淺地笑了。雖然只是一段小事，但無論如何，陰霾是過去了。

學生們也看夠了大象，三乙的導師正在把學生集合起來，準備拍團體照。接著，輪到洪老師的班，她走過去，被學生簇擁在中間，朝他揮手：「主任，主任！」

他搖頭，倒是取出了自己的相機。觀景窗裡有二、三十個從草地到台北，特意穿了好衣裳的少男少女，以及，一個愁苦的少婦。他找好角度，等著林旺和馬蘭回頭，那幾秒間，他觀察到團體裡的許佳行，正專心對著鏡頭，做出安靜而規矩的微笑。他有點不忍心，長得很好的一個男孩，不是嗎？從這個小小的觀景窗——他憶起了自己的青春——他可以看個清楚，可以做出決定，世界就在手上，不是嗎？他等著，再自然一點，再亮一點……

光來了，林旺這時捲起長鼻子，孩子們笑著，他按下了快門。

老，是忽然之間來的。這些年，他一直很忙，愈來愈忙。父母老了，兄弟長了，家裡孩子大了，李醫師搬走了，換過行業租人賣鐘錶，又收了，大約還是離市集太遠。三弟商業學校畢業，被招攬去同區的蔡議員手下辦事，跟他們說鄭子寮那邊魚塭填平變陸是遲早的事，議員已經準備投資建築業。妻子聽了幾年，心動起來，仗著有三弟做員工保證，遂大著膽子催他去把房屋訂金付了。

接下來，只能更忙。妻子與他，只要能有更多收入，一天二十四小時當四十八小時用，拚命做，吃飯睡眠隨隨便便，身形虛胖也不以為意。外頭社會亦是忙碌，除了賺錢，還有不少意見，這兒那兒，芽苗似地，要冒出來。他心懷忐忑，賀主任倒是因為年紀得以退任，換了個本地青年來。

以為會簡單些，反倒更難。新來青年掛在嘴上的那些教條守則，他何嘗不知，何嘗不曾背得滾瓜爛熟，但他背這些是想日常生活安頓，沒想動用這些來擾亂日常生活，可現在，這個比他當初大不了幾歲的青年，照單行事，小聰明全用在自保，逐條逐句舉發誰有嫌疑、誰該思想考核。他既不能反駁他，又不能同意他，拐彎抹角提示他自己愛國就好，不要傷及無辜，偏偏這年輕子弟笨牛般不解其意，還惱羞成怒。

他感到悲哀。悲哀這樣的詞，他本是不用的，可這年餘，常與那青年不歡而散，有時還須假裝同意，讓那青年留在自以為正確的政治真空裡，那種時刻，他明白了什麼是悲哀。

「蘇主任，很多時候，我身不由己呀。」退任後只教公民課的賀主任，見他為新來青年煩惱，畢竟同事久了，偶爾會以截然不同往日的口吻和他聊幾句：「若是黑函來了，你說，能不辦嗎？最頭疼的，還是校內自己來的，你以為沒有嗎？」

他理解。一年一年，明的暗的，置身事內或事外，他體諒人人都有家小，身不由己，但總希望不要踩深下去，能止住多少，就止住多少，台灣話說：軟土深掘，莫太超過。這兩年，他內心煩躁，某天夜裡做夢，夢到打了女兒兩巴掌，手勁很大，沒有一絲疼惜，往女兒臉頰狠狠摔去。女兒愣了愣，捂臉大哭。夢裡和妻子也吵，新仇舊恨似地對吼。老家那邊，無論務農或開雜貨店，都不起色，父親領菸酒領得煩了，考慮把當初好不容易才申請來的菸酒牌頂出去；母親染上了賭，以前過年打打四色牌也就算了，近來跟人簽賭無時不休，見他回去便東躲西藏，輸錢了，債主倒是很知道上他家裡來要。

他成了家裡的靠山，想倒也不能倒。學校裡成天忙，時不時還得應付教育局、救國團、後備軍人教召，很少想其他的事。難得感慨是前年，么妹大學畢業，要說栽培弟妹，他盡力至此，好不容易可以放下，也想見識大學畢業是怎樣情景，遂長兄如父般地陪著么妹一起去了，沒料到，典禮上看到多年未見的春鶴。

一身筆挺制服，聲腔高亢清晰；如果不是胸前掛著名牌，他是不敢確認的。

禮堂人多，學士服黑壓壓一片。要不要去打招呼？怎麼打招呼？才一猶豫，禮成，不見人影。問了么妹，只知道是學校主任教官。後來又問同樣留在台南的胡長宣——人家後來一路念上中文所，拿了博士，回成大好多年了——才知道何春鶴教官從雄女調來五、六年，經歷過八二三砲戰，回台轉任教官，儀容好，口條也好，很多學生活動都請她主持。

「怎麼？你們認識？」胡長宣反問。

他搖頭，只說是同村的人。難道不是？都二十幾年沒聯絡了，相處時又那麼幼稚。他已經記不起少女春鶴的模樣，倒是自己的女兒，以為還是孩子，誰知什麼時候，藤蔓植物般，靜悄悄往外長了出去……

是妻子告訴他的。某個回家吃中飯的日子，桌上放了筆記本。

「這是啥物？」

「袂曉家己看？」妻子沒好氣地回答。

他認得女兒的字跡，看幾行，少女的煩惱。再翻幾頁，摺好的信紙落下。陌生字跡，矯情寫到最後，署名竟是學校裡識得的學生：許佳行。

怎麼可能？怎麼可以？他忽地感到臉頰一陣燒，不知羞還是惱。

回到學校，午休鈴聲響了，心內火仍在燒，坐不住，起身往外去。幾個還在走廊磨蹭的學生，見了他，很快縮進教室去。這半年，為了讓女兒自在，他很少巡校園，更不會直接去查她的班級，現在，隔著距離，他去看她，他知道她的座位，一班四、五十張桌椅，就算她趴在桌面，他還是不會搞混的。

一陣涼颼颼的安靜，掃過教室，假寐的女兒抬起頭來，看見他。她面露疑惑，皺了皺眉，嘟起嘴。那神態，他太熟了，小時候，他常輕捏她的下巴，取笑她：「妳這嘴角會當掛三斤豬肉喔。」

他把視線移開，面無表情走向其他教室。忠孝、仁愛、信義、和平，校舍一棟一棟蓋起來，學生一屆一屆進來，一屆一屆離開，他敲斷一根藤條，再換一根藤條。他繼續走，空氣愈來愈下沉，校園已經沉入夢鄉，他的火還沒熄滅，他走向許佳行的班級，他想像以前那樣叫那傢伙伸出手來，狠狠抽他幾下，要不，朝他屁股鞭下去，讓他毫無自尊……

鐘聲響了，午休結束，學生一個一個糊著臉走出教室，轉開水龍頭，包括那個男孩。他停下腳步，嚴厲地看著他，可那孩子，是沒睡醒呢還是根本沒看見，洗完臉，搖搖晃晃走回教室裡去。

他吸口氣，把胸腔裡的重量，深深地、深深地壓了下去。

女兒是孩子裡他唯一看著、抱著長大的。之前當兵、謀職，夫妻淨為離合怨憎，只有女兒出生後那段時間，有些家庭和樂的餘裕。那時還住在老家，每到黃昏，妻子為晚餐忙得不可開交，他把女兒接過來，抱著在村子裡四處走。女兒那時真小，單手抱著，比書包還輕，搭在肩上走老遠也沒什麼感覺。孩子身上總帶著芳香嗎？即使是汗臭七月天，女兒洋娃娃似的，有粉嫩的香味。

那天後來，他和妻子都沒說什麼。不過，女兒回來見房間被翻過，想必知道的，可那孩子卻沒說什麼，靜靜吃晚餐，不敢明著委屈，更不敢明著生氣，就只是沒了笑容。這是哪一種青春期？以前兒子時間到了，喉嚨啞得像鴨子，大剌剌叛逆，他的藤條學校能打，家裡自然也能打，可這女兒，他是一下都沒打過。不是寵，只能說她乖，不吵不鬧，該她做的事沒一項偷懶，真犯了錯，他罰她跪，九十度跪好，跪足，時間沒到絕不准起來。

這事兒，他沒法叫她跪。第一個晚上沒提，就沒什麼時候可以再提。

夫妻倆換方向盤算。既然三弟那兒眼看就快交屋，不如就順這個勢頭，提早搬家吧。雖然妻子對這間白手起家的房子很有感情，雖然搬家後他得騎車大半個鐘頭才能到學校，但他猶豫不多時，決定打醒女兒的夢。她只是個孩子，不，她根本就是個孩子，十三、四歲年紀，哪能感情如猛獸？「心串串，心蹦蹦，臉兒紅，都是為了你。」廣播電視成天放送這什麼東西，他聽了就心煩，自己太忙，時機太壞，孩子竟然就這樣長大了嗎？

去年初秋，等待鬼月過去，他們真正離開了草地家鄉。台南一直在擴大，填運河、填魚塭，舊的滄海桑田，又有了新的滄海桑田。女兒轉到李老師學校，男女分班，城裡學生競爭，女兒成績往下掉是難免的。他沒想逼她，也知道轉學生通常有些狀況，問了從小看她長大的李老師，沒說什麼，只抱怨請她寫日記，卻通篇淨抄唐詩宋詞，胡亂心得了事。

他不開心，但也顧不上，每天繞半個城通勤，放課沒法回家吃晚餐，只能麵攤了事。家教結束，夜很深，人家送他出來，就順便拉下鐵門。他疲憊地發動機車，經過以前舊家，現在租人當美髮屋，紅白藍三色旋轉燈到這時間也不轉了。到了鹽水溪，他不上橋，抄溪旁小路回去，偏僻黑暗，卻有哪戶人家蔓長出來夜來香，車過捲起一陣香氣。那香氣，很久以前，在老家，鄰里牆角，暮色時分經常聞見。那時的女兒，抱著、走著，便安靜下來，有時還睡著了。現在，花香還是同樣的花香，女兒可還是同樣的女兒？

這一路過來，關於眼前的生活與秩序，他絕少對孩子說過內心話。為什麼？他說不出口，不知怎麼說，最好不要說。即使有耳，也要無嘴，眼睛看見了，轉頭，就吞進心底去。這個心，他不想孩子們看見。孩子們一天一天長大，女兒有了自己的煩惱，上高中的兒子，身強力壯，簡直跟大人沒兩樣，直挺挺站著與他衝突，還學人頂嘴：「時代不同了！」

一句話，新仇舊恨勾起滿腔怒火，他抬手，一個耳光就要狠摔下去，可是，孩子畢竟還是孩子，那倔強的眼神裡閃過一抹恐懼，他咬咬牙，原本爪般凌厲的手，又無望地收下了。

離開動物園前，十四、五歲的少男少女，按捺不住尖叫，歡樂奔向最後的兒童遊樂場，行程表上也為他們多留了點時間。他走回猛獸區，把鐵籠裡的獅子、老虎仔細再看一遍。前兩次來曾遇上動物表演，人們圍著看猴子騎腳踏車、獅子跳火圈，還看到黑熊表演兩腳站立，胸前有清楚的V型白毛。

真美，真奇異。他早聽劉平說過，那次是親眼見到。

這回，沒有動物表演，黑熊趴著不動，他想再看一次V型白毛，沒得看了。這隻黑熊，是上次那隻踩滾桶、模仿人類走路的黑熊嗎？那是五年前的事，那隻熊還活著嗎？這種黑熊的壽命是多少呢？

這一想，他才發現自己並不清楚。

離開動物園後，他們前往台北市區。天色開過，又陰下來，學生依然精力旺盛，遊覽車裡此起彼落接唱〈歸人沙城〉、〈拜訪春天〉、〈橄欖樹〉、〈三月裡的小雨〉，不亦樂乎。抵達新建成的中正紀念堂，果真淅瀝淅瀝落下雨來。

無論老師學生，多是第一次來，對未曾見過的巨大空間，瞠目結舌。隊伍快快行過廣場，爬上階梯，進入堂內。站崗衛兵表情嚴肅，孩子們知趣地安靜下來。領袖銅像很大，比台南學校門口那尊大上十倍或百倍，穩穩地坐在寫滿碑文的基座之上。

雨一直下，瞻仰儀式完成，原來排定的廣場自由時間只能虛度，大大小小全擠在廊下躲雨。堂外濛濛，景物溼潤，原來台北的雨是這樣的，細到看不清線條，落在地上、積在屋簷，才綿綿密密聽見了碎聲。空間裡有雨傘或膠鞋的氣味，孩子們壓著嗓子互相推擠，不敢喧鬧但也定不下來。

從四層樓高的正堂望出去，雨霧盡頭隱約可見總統府，很久以前，他路過那兒，歲末深冬，沒有雨的天氣，四處牌樓，歡慶元旦，路上有踩高蹺、走蚌殼的熱鬧，但他匆匆回家去了；再更久之前，熾熱酷暑，他北上陸軍總司令部參加政戰考試，正是眼前這片廣闊之地——如今，總統府還是總統府，去了領袖還有領袖之子，不，領袖就在眼前——地景已非，人亦非，廣場茫茫，他已無從辨認出當年考場的位置。

晚餐之前，雨總算停了。孩子們高高興興填飽肚子，把握時間去逛中華商場。不知是天暗下來的緣故，還是熱鬧過頭，這條市街不復當年給他寬闊嶄新的感覺，取而代之的是挨得緊密的各類商店，公車來來往往，松下電器當年是他見過最大的霓虹燈廣告，可現在它不是唯一的了。

時代變得很不一樣，千嬌百媚，熙熙攘攘，人人想吃上一口好滋味，買上一點好東西，過上一份好日子。這個寶島，這粒番薯，以他的少年十五二十時，建設反共復國基地，結果卻是退出了聯合國。他的中年，埋首賺錢，沒有非非之想。「為了能繼續維持這樣一個免於飢餓、免於迫害、免於恐懼而又有些許生活快樂的生存，我願意毫無保留的支持維護我的政府和他的執政黨，並呼籲我的一千四百萬同胞，每一個人都如此作。」這份政府認可的市民投書，過去十年開會、座談、上課，他不知聽過、用過多少遍，可來到此處，他才實際領教所謂小市民生活是怎樣的生活，都市是怎樣的都市。相比這些，台南，即使是府城，也不過是草地而已。

他耐不住吵，也感到累了，走上天橋，想過街回旅館去。

橋中央聚著人，還沒接近便聽得女聲又泣又罵：「翕（拍）啥物！看別人艱苦，你感覺趣味喔？」

婦人坐在地上叫嚷，面前布攤兩隻不知羊角或鹿角，還有些昆蟲標本，亂成一團，有名男子低身在那其中找些什麼。

他好奇跟著觀望。男子站起來，身形面容似曾相識……

劉平？

男子無視周遭目光，把撿起來的鏡頭仔仔細細裝妥，放進背包裡去。沒有回嘴，也沒有道歉，朝著他的方向走來。

「劉平？」他遲疑地喊了一聲。

對方聽見了，同樣看著他。

「蘇清治？」

兩人都驚訝地笑開了。

那年暑假回台北後，劉平放棄了師範學校，當完兵，考上專科學校念新聞。

「很忙，這幾年愈來愈忙。」劉平正要過街去上班，渾身東披西掛，像個器材架，說話倒是很精神：「台灣愈來愈有趣了。」

他們一同走下天橋，劉平邊走邊檢查相機，這玩意兒之於他已不只是興趣，還是吃飯的傢伙。他說各式各樣什麼照片都拍，墳墓拍過，垃圾拍過，就連殺老虎也拍過。

「什麼？」車聲吵雜，他以為自己聽錯了：「殺老虎？」

「對，把老虎給宰了。」劉平故意瞪大眼：「什麼肉都有人吃。」

他愣著，想起白天動物園籠子裡的老虎。

「毋是定定（經常）有啦。」劉平正經下來，換說台語：「普通時就是翕人講話、唱歌、辦活動，無聊死。這幾冬較刺激，選舉代誌濟，你會記得？中壢放火燒警察局彼時陣，拄好予我翕到相片。」

「高雄彼擺呢？」他問。

劉平搖頭：「彼擺無翕到啥物。」

他沒再多問下去。倒是劉平問了不少教書的事。

然後，劉平說：「既然講到高雄，你佮張光明，敢有聯絡？」

沒有，張光明像氣球，飛走很久了。

沒想到卻是和劉平有聯絡的。

「坦白講，我以前看袂出伊的才情。」劉平說張光明北上來念美術系那幾年，常碰面，還一起聘過模特兒，他拍照，張光明畫圖。「但是，就親像一蕊花，等久嘛是會開。除了畫圖，我佇咖啡廳聽過伊讀詩，無騙你，逐家（大家）聽甲醉茫茫。」

畢業以後，張光明想去日本學畫，無法如願，申請幾間學校，都在北縣山裡。

「不時怨嘆環境無聊，這袂使、彼亦袂使，伊朋友是無我多，不過，你嘛知影，伊彼款個性，若是當作朋友……」

若是當作朋友，這話針般刺了他一下。回過神來，劉平說到張光明蹲了幾年牢。

他很意外，他一廂情願以為張光明會和自己一樣，隨著年紀把毛邊給修剪了，在社會上謀個職位，謀個家庭，沒想到他竟走了相反的路。不，依劉平的說法，張光明也不是走了什麼特別的路，只不過是重情，若是當作朋友，什麼活動叫了都去，什麼忙都幫，畫圖、寫海報，自然被牽連進去。

本來判五年，逢上領袖崩殂，提前釋放。出獄後的張光明，教書難，繪畫也不如前，說在牢裡頭畫蛋殼、畫紙扇，已經倒盡胃口。劉平給他介紹工作，但張光明常常喝到醉茫茫，該交的沒交，飯碗當然保不住。

「伊啥物時陣開始啉（喝）酒？」聽到這裡，他忍不住問。

劉平嘆口氣：「伊真正完全無佮你聯絡？」

他搖頭。沒有。真的一次都沒有。

「伊這陣佇佗位？」

「這陣？這陣可憐啦。」劉平壓低了聲音：「南部有一个叫作龍發堂的所在，你敢捌聽過？」

他又搖頭。

「你看，連你攏毋知。」劉平考慮片刻，才接著說下去：「高雄進前暝（前一晚），伊打電話予我，氣噗噗，講伊本來無打算去，這馬欲去矣。隔天，情形亂甲我瓦斯吃袂赴（吃瓦斯都來不及），哪有法度翕相？我嘛無拄著伊，毋知影伊到底是受著啥物刺激……」

他默默聽著。前些年，時局風雨欲來，那些敢於燒掉警車的火把，沒有熄滅，選舉愈來愈熱，他照舊得監票開票，壓力很大。看那些被抓去關的、台上講話的，都是和自己差不多年紀的人，他的心情很複雜。玉山蒼蒼，碧海茫茫，婆娑之洋，美麗之島，寫得真美，他卻不好多讀下去。接著，斧頭，武士刀，連手槍都出現了，他感到不安。

然後，便是高雄那件事情了。顛覆政府。叛亂份子。依法嚴懲。姑息養奸。四處都是這類聲音，又是慰問，又是捐款，大學裡的老師尚得聯名宣言反共愛國，幸好他只是草地教員。

「隔冬三月，伊來台北找我，叫我佮伊去信義路彼爿，我講毋要啦，伊就一直哭。我彼時陣就感覺伊失神失神。」

他知道劉平說的是什麼。大家報紙都看見的。劉平說，那之後，張光明愈來愈不對勁，工作和人爭吵也就算了，還把人家玻璃全給敲破。老家已經沒人能照顧他，台中姊姊好心接了去，但畢竟是外人，夫家能容到幾時呢？

「舊年我有專工（專程）去看伊一逝（趟）。」劉平說：「袂認得我，戇戇仔笑，若想起來，就顛倒起肖。個姊姊無法度，想欲聽人介紹送伊去龍發堂，問我好抑是毋好？我哪知，哪敢作主？」

「龍發堂佇佗位？」

「台南、高雄彼爿，聽講是廟，毋是病院。」

「廟？」

「嗯，我嘛感覺奇怪。你較近，若有機會去瞭解看覓。」劉平苦笑：「無定著（說不定），張光明佇遐等你。」

他笑不出來。目送劉平走進報社，那一年閏二月，二十九日早晨，他就是由這家報紙知道了血案。「凶手心狠手辣，刀刀均中要害。」字體斗大，就連血案現場的平面圖都清清楚楚登在報上。

一想起那段時期，難以承受的煩躁便籠罩過來。他以為會在報上看到認罪、求饒，警世劇般讓社會再度噤聲、沉寂下來，可是，他看到了什麼？

——我不懷恨非法抓我、侮辱折磨我的人，以及背後指使他們這樣做的人

——我懇求上帝安慰受苦受難的共同被告，及其家人、親屬、朋友

——我求上帝原諒我的一切過錯

——我求主賜給執法庭上，聖靈的感動，完全的寬恕

這是當年虔誠室友的祈禱？還是張光明詩的朗誦？我不認罪，我願獻身，主啊，你往何處去？他明明不是教徒，為何卻被這些言詞打動，彷彿泉水從很深很深的地

方，冒出來，湧上來？宗教與詩意，難道真能使人慷慨奮鬥、樂觀無畏，使人冒險創造、獻身殉國？死背過的十二項綱領，所謂憑信前進，竟在那九天軍法大審，滿滿的新聞實錄，得了見證，他感到荒謬，也有一種終於鬆了口氣的感覺……

熙熙攘攘的中華商場，愈退愈遠。張光明呀，你在哪裡？他與張光明曾經那麼親近，後來張光明卻完全疏遠了他。為什麼？張光明應該是沒把他當朋友吧，他也怪怨老同學全不聯絡，藝術眼高於頂，大約只當他是沒才情的普通人，庸庸碌碌的小市民，誰知竟是坐牢去了……

——你知道嗎？羊是一種盲目又神經質的動物。

很年輕、很年輕的時候，家裡養過羊的張光明，曾經這樣跟他說。

——為什麼？

——羊啊，只要受到驚嚇，就會錯亂地，只想往別隻羊身上擠。

——那不是很正常嗎？牠們以為這樣比較安全。

——是嗎？但很好笑呀，一堆羊擠成一團，動來動去，根本不知道發生了什麼事。若是有一隻不小心掉到山坡下去，後面整群也會一隻跟著一隻掉下去。

他想起那些羊奶的滋味，張光明帶給他的，在那之前，十七歲的他少有機會吃什麼滋養的東西，更別提詩。劉平說，張光明後來不讀詩了，悶著不說話，喝很多很多的酒。

「酒當做水，」劉平嘆息道：「一蕊花，變一粒石頭啊。」

張光明喝酒是什麼模樣？他的記憶裡沒有那種畫面，要說張光明曾經醉過，那也是文字醉了他，亮晶晶而瘋瘋癲癲的神態……

——老友，我不會問你為何喝酒？是一種詩意，是吧？喝了酒，星星會變成藍色，是吧？

——老友，我沒養過羊，但我兒子養過烏龜，對，我有兒子，還有一個女兒，都快長到我們當初的年紀了。

——剛說到哪兒了？對，烏龜，你知道嗎，不是所有烏龜都會把頭縮進殼裡去，還有，你知道烏龜會流眼淚嗎？

——你想必會說烏龜傷心，但誰知道烏龜會不會傷心呢？我知道的是烏龜怕光，怕刺激，像是報紙，有幾次，才剛讀完，孩子們就拿去籠子裡墊，唉，那個油墨味，簡直是讓烏龜哭到老淚縱橫呀……

他失神漫想，失神行過紅燈而不覺，見得公園號酸梅湯，才回神自己竟是直直地把衡陽路給走到了盡頭。那麼，以前那間小書店呢？

「四個下午，剛好就是四個我們。」當年的張光明說。水之湄，男孩氣，沒有人打從這兒走過。

他辨認不出小書店該在何處，也或者，根本沒有了。

走進新公園，他在水池邊坐了會兒，早已不是下午，黑漆漆的水面映的是對面的樓影。

之後，他喝了一杯酸梅湯，買了幾個白砂糖餅，預備帶回去分給洪老師以及其他同事。倒著衡陽路走回去，剛忘了轉彎，這回走得慢些，依然沒看到小書店，大書店倒有幾間，書架上沒有《水之湄》，還有《葉珊散文集》，換了他沒看過的綠色封面。

作者楊牧。

他糊塗了。先是葉珊，然後是王靖獻，什麼時候又變楊牧了？他往周遭看，好幾本《北斗行》，也是楊牧。

星星，又是星星。他不知道藍色的星星如何，但他知道北斗星，見著了北斗，就能定方向，知四季。

他翻開書，讀起來，詩人似乎做丈夫，也做父親了。有著喬木和果樹的庭院，日光滿照的書房，是他的家吧？溫婉地梳攏著好看的短髮，摺疊著小小的小衣裳，是他的妻吧？即將在櫻樹季節出生的，是他的孩子吧？

詩人繼續生活在他方，以優雅陌生的外國語，教授古老的詩歌，這之於他實在是不能相比的際遇，那些唯美的字詞亦不帶有生活的塵勞。可是，別人或許不會相信，對這個名為葉珊的同代人，他沒有敵意或憤忌，而是將之寄託為一個夢，他很願意葉珊替他們寫下：提琴的旋律、撲翅的鳥雀、邱比特的金箭……

那是幻想，是強說愁，是李老師在女兒日記本寫下的評語，是院長所謂非非之想，可就讓葉珊寫吧，幫我們寫寫，那些記憶底溫柔的陽光、海岸、露水、晚霞、故人……

我們這悲慘的國家，每一個人都需要愛。

我們隔著一道洛夫所說的「紅牆」立著，四周又是瘂弦所說的「眼睛築成的牆」，我們必須互相惦記，我們的枝枒仍然可以越過高高的牆頭，交錯在一起。

他忽然懂了這些以前看過卻無所感的句子，書總是同樣的書，不同的是他自己。這些虛無浪漫的字句，倒過來倒過去的情調，彷彿海浪襲捲過後，留下來的貝殼，然而，在匱乏而恐怖的時代，這些字句曾經安慰過同等年輕敏感的張光明，甚至連他這樣的人也被安慰了……

他心下有些激動，很想見到張光明，分享這些遲來的體悟，可他不知道龍發堂是什麼地方。戇戇仔笑的張光明是什麼模樣？起肖是什麼意思？是因為沒人理解，張光明才裝瘋賣傻吧？見著他，他一定要提醒他：喂，張光明！你說好的那張肖像畫，二十年了，還沒給我呢。

他走下細窄樓梯，來到櫃檯結帳，眼角瞄見兩個中學生模樣。再看一眼，是許佳行，和他的死黨郭文強。
「主任好。」兩個男孩很機靈。
「集合時間還沒到嗎？」
男孩搖頭：「老師多給我們半小時逛書店。」
「那麼，你們看了什麼？」他的視線向著許佳行手裡的書。
「我是幫姊姊找的。」許佳行把書藏到身後，那充滿異國風沙的封面，瞄一眼就知道是三毛，方才走過來每間書店都擺著。
他離開，走兩步，又轉回來，打量這位男孩。衣服規規矩矩，頭髮有點長了。他忽然想說點什麼：「快畢業了，許佳行，要多努力。」
男孩不安而害羞地點頭。
「你們很快就是大人了。」他又說。
男孩依舊答不出話。
「知道了！主任。」聲音是郭文強，他在捉弄許佳行。
他笑了。他很久沒有和許佳行說話，嚴著神色要這男孩明白他已經知道一切，他以為男孩會跟他賭氣，可是，除了閃躲，除了尷尬，許佳行並沒有表現出更多的什麼。

他回到旅館，仔仔細細洗了澡，除去一天的細雨與塵埃，睡前把那本掛著楊牧之名的《葉珊散文集》拿出來端詳，新封面是枯老的樹身，他翻著翻著忽地發覺自己真是傻了，只計畫著哪天見得張光明要帶上這本書，但是，張光明怎麼可能沒有這本書呢？

一定有的，只怕張光明不讀、也沒法讀這書了——不，他不該想得這樣悲哀——若是見得張光明，他該捶他一記：喂！張光明，少裝了，給我醒來，醒來讀你最愛的葉珊，不，他改名楊牧了。喂！人家都帶著妻子兒子回花蓮了，你在這兒幹嘛？——有生命比陽光還亮，比白雪清潔，比風雷勇敢——張光明！你的詩人愈寫愈好了，趕緊醒來讀呀你！

在那一天到來之前，張光明，這本書就讓我暫時放進行李箱，帶回家給我女兒讀吧。當她還靠著注音符號認字的年紀，曾經好幾次握著鉛筆，好奇地在那本舊的《葉珊散文集》裡探險呢。

「找到認識的字，就圈起來。」他記得當時自己這樣說。

女兒低著頭，午後的光，從鐵窗戶透進來，愈拉愈長，直到她的髮梢。圈很少，偶爾有些塗鴉。後來他一直沒有擦掉。

讀不懂的書，也讓她去讀吧。他帶著睡意想像一個父親外地旅行歸來、給兒女們買了紀念品的情景，雖然他並不時常這樣做，雖然他才剛扼殺了女兒的初戀，可是，他想試著——他已經試著了——說服自己：人生應該有所追求，無論如何，他還是希望，未來，等著女兒的是那種有所追求、亦能追求的人生，而他可以在那其中，做個慈藹有信的父親，撫著女兒柔嫩的髮，將那書中的字句念給她聽：「幸福並不是不可能的，我們要它，它就來了。」

文惠女士

西瓜與榴槤上市的時節，短促的春天已經快要過去，斷斷續續的雨水裡積鬱著夏季將至的燥熱。文惠女士躺在床上，聽著窗外商業宣傳車不斷放送鞋店週年慶的消息：「全店商品，第二件六折！第二件六折！」她提著耳朵，好不容易等到車子慢慢開遠，靜了會兒，擴音喇叭又繞回來：「第二件六折！第二件六折！」

眼看不可能睡了，文惠女士支起身來，陽光燦爛的窗口，總能讓人想起一些愉快的事情，有些彷彿還是昨天、去年的事，但再細想，卻又好些段落模糊了。

她想站起來，像以前無事午後，到廚房去倒茶水，看著整頓妥當的杯碗瓢盆，心情愉快，坐在客廳打個盹，直到電話鈴聲把她從夢中叫醒——

喂，喔，ただいま外出しております…（他現在不在家。）

どちら様でいらっしゃいますか…（請問您是哪位呢？）

なにがご用ですか…（請問有什麼事呢？）

那時候，文惠女士優雅地拿筆，優雅地在白紙寫下電話號碼與事由：渡邊先生退職，楊醫師請回電，黃太太約下午四點。

那時候，陽光就像現在這樣從窗口斜射進來，大人小孩出外去了，巷弄裡安安靜靜，屋裡只有時鐘滴滴答答。

舒適的環境，她在那兒待了三十幾年，但能說是自己家嗎？當然不行，文惠女士就算跌進回憶也深知分寸。她掀開被褥，試著下床，聞見榴槤氣味，不吃榴槤的外孫女，卻去買了一個擱在廚房裡，房子小，到處都是味道。

她吸口氣，使點力喊：「阿雲啊。」

「來了。」就在隔壁房間的阿雲很快現身，戴著口罩。

「我來食一點仔榴槤。」文惠女士其實不好意思：「整間厝內全味。」

榴槤果肉肥軟，顏色也好，阿雲想必為自己挑了上相的貨色，可為什麼吃不出初時喜愛的飽膩香甜，文惠女士反覆舔著唇舌，確認是不是自己嘴乾舌燥。

「敢好食？」阿雲一旁看著。

這孩子不多話，手也說不上巧，卻很乖順要照顧她。三十出頭的女孩子，不出門也不整理自己，起床刷個牙、抹把臉，亂糟糟沖杯咖啡配麵包當早餐，只急著開電視、電腦，文惠女士很詫異現在年輕女孩都不梳頭了嗎？

數十年如一日，髮絲烏亮或花白，文惠女士若沒有把頭髮梳整妥當，是不會踏出房間的，即便只是做下人的日子，也未必有誰多看她一眼，文惠女士依然堅持把自己打點得服服貼貼、神清氣爽。她委實不能理解現在年輕人都真像阿雲這樣？蓬首垢面，睡衣不換就吃就喝，連馬克杯也沒洗乾淨。

文惠女士剛回這個家裡來的時候，體力還行，常幫孫女收拾，但這陣子真不行，每天軟綿綿，原來人把自己撐起來得花這麼多力氣。上星期好強，不想麻煩阿雲，自己起身去上廁所，沒幾步，眼前一黑，跌昏在地，還送醫院住了兩天。

眼看成了廢人，退休計畫泡湯，文惠女士也說不上多麼怨嘆，無論如何，畢竟是回到自己親人身邊，只是苦了阿雲這年輕人，成天守著她這七老八十老太婆。阿雲讀書平平，工作平平，未必有什麼本事，但不惹禍，結果還是失業，後來學人作網拍，賣玩具、小衣服、小襪子，客廳、房間亂得像垃圾堆，以前總疑心這行業能算數，現在反倒因為她在家搞職業，才幸好有人照顧自己。

電話，不，門鈴在響。文惠女士習慣性地警覺起來。

一會兒，阿雲跑來門邊露臉：「阿嬤，細漢姨婆來矣。」

話落，拖鞋啪噠啪噠，鐵門好大一聲關上，下樓去帶人了。

「食榴槤喔。」小妹進來：「我一入門就鼻（聞）著矣。」

亂七八糟舊公寓，讓人探訪真不好意思。文惠女士生涯裡待客經驗許多，布置、款待樣樣計較，不過，現在那些都結束了，是她自己放不下而已。

她整整床鋪，拉平身上衣衫，這等體力，也沒法打扮什麼。

還好小妹不在意，湊近來看她吃榴槤。

「食這營養好，我煩惱妳無胃口，無骨力（勤勞）吃。」小妹本來也不吃榴槤，但聽人說可補她長年吃素，身子虛，捏鼻子吃幾回，愛上了。

文惠女士倒是很早就吃上這水果，以前蕭醫師家各路人馬送禮多，別說榴槤，後來還有山竹、紅毛丹，形狀奇怪，氣味也強，蕭醫師常說榴槤蛋白質、脂肪、澱粉、維他命一應俱全，但醫師娘和小孩就是不喜歡，文惠女士盡可以吃得夠。

「我頭一擺（次）看到紅毛丹的時，想講這是荔枝生毛乎？」文惠女士笑著說。

「山竹剝開，感覺嘛真奇怪。不過，奇怪是奇怪，正實好食。」

「山竹真久無看著呢。」

「聽講有啥物蟲，這馬無進口矣。」

原來如此。聽蕭醫師講，山竹這東西涼，吃過頭也不行的。

「這兩項果子，一个號做王，一个號做后。」文惠女士說：「體質來講，一个是熱，一个是寒。」

小妹露出驚訝的神情，她總覺得這位大姊世面見多，知道有錢人家怎樣過日子，不像自己關在家裡煮飯打掃過了大半輩子，社會的事情都不知道。她打開提包，拿出幾件棉紗居家服：「這款妳試看覓，穿起來真輕鬆。」

近來天氣熱，躺著後背全汗，年輕人買東西光挑好看，穿起來卻不透氣，前幾天文惠女士電話裡拜託小妹找找有沒有舊時貨。

「輕鬆是輕鬆，薄縭絲，予阿雲看著，歹勢。」

「家己阿嬤，歹勢啥物。」小妹忽然想起什麼：「秀枝敢有消息？」

「在台中跟人做食。」

「有賺錢無？」

「毋知。」

孩子的事，令人操煩，不過，歸根究柢是自己沒教好，沒臉跟別人抱怨，數落孩子也理不直氣不壯。老大秀枝迷糊，做生意很有她父親的習氣，每做必虧，糟的是她父親不聽妻子，秀枝倒是很聽丈夫，現金周轉不來，連倒會這種缺德事也敢做，還頂著文惠女士名號，四處和親戚朋友借錢，搞得文惠女士不得不咬牙演出一齣恩斷情絕的戲來。

「阿雲三頓會曉煮食未？」小妹問。

文惠女士搖頭：「少年人哪有可能？買，是真骨力買。」

「買啥物？」

「便當照頓買，食袂去（吃不完）。」文惠女士搖頭：「若有法，我甘願家己去菜市，買寡愛食的轉來家己煮。」

「當初妳應該較早退休。」

「就愛錢，等領紅包啦。」

姊妹倆都笑了，不是苦笑，是輕鬆調侃的笑。姊妹二人，生肖差了一輪，小妹呱呱落地，大姊就出外工作，小妹長大，大姊已經嫁人，沒有什麼機會相處，直到近年才相互依靠，尤其是手機興起以後，很多下午，兩個已經做了阿嬤的姊妹，如同少女般煲電話，來到此刻，兩人聊著聊著，已經把大半顆榴槤當成誰家喜事送來的大餅似地，一片一片切著吃乾淨了。

●

人們風風雨雨說著米配給與志願兵的時代，讀完了公學校的文惠女士，十二歲，整理包袱到銀行上班的野谷先生家裡去幫傭。

家境經濟的需要固然是原因之一，不過，父親把她送到日本人家庭去，也是為了讓她在那邊學點教養，待人接物，這一點，對讀過中等教育的父親來說是重要的，至於幫傭賺來的錢，與其說是補貼家用，不如說是讓文惠給自己存嫁妝。

兩邊說好長住雇主家，幫忙洗衣、燒飯、照顧孩子，直到找對象結婚為止。野谷太太剛生了第二個孩子，每天夜裡，嬰兒哭，文惠也哭。中元節回家，父親安慰她，妳也長大了，不要老是思念家裡，這樣工作才做得住。

文惠擦乾眼淚學著抱嬰孩，唱搖籃曲，累了，睡了，也就好了。不久之後，廚房裡的事做得很好，學會清理榻榻米，抹地板，以正確的跪姿說敬語，在玄關迎接客人，也跟野谷太太學習穿衣與化妝，甚至接觸了插花、泡茶、縫紉等一般上高女才可能學習的技藝。

那時，文惠女士不覺得自己的工作卑賤，相反的，還有點自力謀生的榮耀。野谷一家出外踏青、海水浴場，都帶上她。日本戰敗之後，野谷先生問過她要不要一起回去日本，雖然沒有很多薪水給她，但一定會盡力幫她安排差事與歸宿。她和父親猶豫了點時間，最終還是捨不得親情，海路茫茫，婉拒了。

回到家裡，理應出去做事，幫忙家計，但社會正亂，工作難找，鈔票一年一年薄，比較簡單的方法是把她嫁了，十九歲，說早也不算太早。

夫家在台南，住下來才知道安平離府城很遠，進城還搭段小船。本來有間小銀樓在西門路，兼賣鐘錶，不過，國民政府來了以後禁止金子私賣，公公又受人誣告，家產說沒一下子就沒了。

公公嚥不下時代這口氣似地，撒手走了。文惠女士很傷心，畢竟，這大家庭裡只有公公懂得欣賞她的規矩。換了丈夫當家，少爺作風，總以為事情簡單，真要彎腰又彎不下來，鐘錶講究技術，店裡師傅留不住什麼都免談。丈夫若肯聽她，或許還可設法，但丈夫眼裡她不過是個女傭，哪可能讓她當家，最後是連店面都頂出去，掏金熱似地說要去台北和人投資做生意。

搖搖晃晃大半天，在艋舺下車，文惠女士記得很清楚，從那兒搭萬新線，沒多久在和平車站下車，周邊是馬場町，有位姓周的朋友可投靠，丈夫拿出錢來，一起做木材生意。後來沒賺到錢，交情也沒了，沿著鐵軌找房子租，最後落腳景美鎮，門前路都是土面，下雨天泥濘一片，颱風來了，淹水更是惡夢。

丈夫投資起起落落，日子不是一定窮，但總覺朝不保夕。文惠女士無可奈何，門前一條萬新線，心情好的時候去碧潭，心情壞的時候也去碧潭，手頭有零餘，就搭反方向去艋舺看電影，心情好的時候看張美瑤，心情壞的時候也看張美瑤。

文惠女士喜歡張美瑤是很早的了，在台南《嘆煙花》看三遍，上台北來，張美瑤演《吳鳳》裡的原住民少女，赤腳，說國語，還是那麼美，又看三遍。張美瑤本名是ふみえ，那年代叫這名字的女孩真多，漢字各式各樣，她是文惠（ふみえ），張美瑤是富枝（ふみえ），可是她那麼瘦，安安靜靜有氣質，兩隻眼睛水靈靈的，改成美瑤也好。

《吳鳳》是彩色電影，以為張美瑤會愈來愈紅，卻不知為什麼忽然不見了，台語電影也愈來愈少，文惠女士少了娛樂，萬新線也拆去，丈夫一陣子投資肥皂，一陣子做食品罐頭，老巴望著回收大賺一筆，但再怎麼順利只是蠅頭小利花不長久，倒是偶爾賠上一次，就得花很久的時間來還債。

唯一一次運勢走上坡是投資做鞋，賺了錢，光景正好，可惜丈夫卻死了。

她以為自己會很難過，但好像也不是，直到那人走了一兩年，張美瑤出現演《梨山春曉》，她當然去看，美瑤還是講國語，還是演女兒，但這回碰上柯俊雄談戀愛；戲裡，一場雨，柯俊雄跑呀跑地去給張美瑤的媽媽請醫生，配樂拉得好緊張，來來回回鋸得她心裡難受，音樂一停，回神，才察覺自己哭滿臉，與那人呀，不知是一個人辛苦，還是兩個人難受，實在沒有幸福過。

丈夫走後，坐吃山空，文惠女士得想辦法謀生。日本時代讀的書，現在丁點用處也沒有，想來想去，不如做以前的差事。台北，這種講國語的地方，要早幾年，還輪不到文惠女士，但現在願意幫傭的年輕女孩、外省媽媽似乎少了，難得有人介紹，文惠女士雖然忐忑，還是帶著一口破國語，出門求職去了。

最初，只是幫人煮飯洗衣服，早出勤，晚歸家，每天搭車到新生南路去，河渠一帶好多日本房子，聽說以前叫做昭和町，官員教授多，文惠女士應聘這家，太太也在台大裡教書，旗袍腰身好細，那年代大家都瘦，可這太太又更瘦些。一個孩子上學，家事不算多，但得幫忙看顧老母親，這不難，難在老母親講家鄉話，文惠女士常常不懂，餐桌上的菜也不合人家口味，年底一到，女主人禮貌地把文惠女士給辭退了。

之後，文惠女士改去工廠幫忙煮飯，直到大女兒秀枝高中畢業，可以照料家裡，她決定去做寄宿女傭，收入比較高。第一家雇主是生意人，出手闊綽但生活複雜，毫無章法的宵夜、點心，打牌客人呼來喚去，文惠女士應付不來。第二家先生在法庭裡上班，夫人不忙，老盯文惠女士做事，或許夫人是像以前那位野谷太太想教她，但一會兒罵文惠女士日本氣，一會兒嫌文惠女士鄉土味，彼此都不開心。

聽同行講，條件最好是去美國人家裡，工作量不多，還照時間上下班，但要會做西餐，漿燙軍服，通幾句英文。文惠女士想，前兩項有心學，一定不是難事，但英文呢，她跟女兒請教幾天，打了退堂鼓，原來十二歲與四十歲差這麼多，如果換成秀枝肯學肯去，那還差不多。

她換回來幫店家煮飯，在一間西裝店待最久，師傅學徒七、八人，吃飯熱熱鬧鬧，直到來做西裝的蕭醫師說起找幫傭，指定要住家裡，文惠女士的工作，甚至人生，才定了下來。

●

文惠女士衣裳不多，家居洋裝冬夏各三件，日常工作替換著穿；正式套裝厚薄各一，家裡宴客或親戚間喝喜酒的時候穿。品質好的貴，她買不起太多，夠用就好；市場便宜貨在蕭醫師家裡怕失了身分，雖然她只是幫傭管家，但像她這種情況，管家也得有管家的身分。

她到這家庭的時候，蕭家夫婦剛從北海道回來。一個是據說從小很會讀書，直接保送台大醫科，又被派去國外進修的人才；一個是宛如從未風吹雨打，花朵般嬌嫩的新手媽媽，聽見嬰兒放聲大哭就慌，拉高音調叫：歐巴桑！歐巴桑！

雖然被叫歐巴桑，文惠女士其實比蕭醫師大沒幾歲，也只有蕭醫師偶而叫她ふみえ。最初住在和平東路，一層兩戶，那時叫做雙併華廈，格局比一般公寓大，廚房預留小間做儲藏室，剛好尺寸能放單人床，就讓文惠女士住下。都說台灣錢淹腳目的那幾年，賺錢人多，生病人也多，換成蕭醫師的說法是：有了錢，人命價值起來，求醫問診成了文明事。蕭醫師每天不是開刀就是開會，本來瘦身材，漸漸虛胖起來，不過，穿起西裝倒是挺派頭的。

醫師娘後來又生一男一女，全是文惠女士一手帶大，相處時間比父母還多。三個孩子上學後，蕭家換了更大的房子，文惠女士常聽客人說巷口捷運站是城市新地景，日本來的百貨公司一開門就擠滿人，清粥小菜不賣大清早而是大半夜，聽歸聽，沒什麼機會去，幫人管家，頂多就是上菜場覺得貨色有些不同，偶爾跟醫師娘請假去附近找家庭美髮，剪個髮型貴上一兩百塊，付錢的時候還真心痛。

新房子給文惠女士帶來最實際的改變，是她由廚房邊遷移到陽台邊，雖然還是小房間，但總算有了窗戶，要多亮有多亮，床與衣櫃是新的，還放得下一台迷你電視機呢——不過，說到衣櫃，有一回家裡人都出去了，趁空小寐的文惠女士，被客廳裡的聲響驚醒，光天化日，小偷呀，文惠女士只敢躲進衣櫃裡連氣都不敢吭。幸好城市竊賊手腳俐落，挑中目標很快走了。醫師娘首飾一搬而空，文惠女士心裡自責又愧疚，做好了捲鋪蓋走路的準備。還好蕭家夫婦沒怪她太多，蕭醫師尚且放寬心說，財務損失總比鬧出人命來得好。

有冷有暖，也有驚險，忙裡忙外，那些年，想來是文惠女士的金色時期。蕭醫師名聲高，各種情況都有人拜託，有人送禮，因為再怎麼達官顯要，一旦生了病，閻羅王面前同樣都是一條命。蕭醫師專研時代病，講好聽叫腫瘤，講恐怖就是各式各樣的癌，蕭醫師管那難解難分的肝膽胰，一年到頭，門扉開開關關，文惠女士見慣了鮑魚、茶葉、洋酒，也得花心力學宴客菜、請外燴。後來，蕭醫師看人手不夠，多聘人來分擔日常家務，但這個家庭買什麼、煮什麼、家裡怎麼布置，還是交由文惠女士來發落，也只有文惠女士住在家裡，櫥櫃裡禮物多了，醫師娘會闊綽對她說：愛什麼就拿去，免客氣。

文惠女士當然知道限度，說是住在這家裡，但很知道怎樣做隱形人，她總挑那些保存期限就快到的東西。農曆過年文惠女士有兩天假，回家前醫師娘也會讓她挑些禮物作伴手，小妹就常說，每年年夜飯圍爐，一定都有大姊送的車輪牌鮑魚呢。

●

後來時光，彷彿車子開始加速，也可能時代變換軌道，各類事情沒法同樣繼續下去，像她這樣能夠寄宿雇主家的傭人愈來愈難找，附近同等級的住宅、上門來的賓客，互相交換情報這一家、那一家雇用了從菲律賓、印尼過來的年輕女傭，做事如何、吃飯如何、話語溝通如何，文惠女士一旁聽著，老不自在，怕生客問蕭醫師您哪兒找來這麼可靠的管家？也怕熟客問歐巴桑妳有沒有認識的人可以介紹給我？

歐巴桑，歐巴桑，別說蕭家人，就連左鄰右舍、來往賓客都是歐巴桑、歐巴桑地叫。她也真是個歐巴桑了，孩子已經成人，煮飯打掃，這些事人人能做，不一定非她不可。她繼續住在蕭家，要說情同家人，那是太不知分寸，但彼此習慣倒是真的，蕭醫師愛吃什麼她知道，醫師娘的脾氣她也知道。蕭醫師沒要她走，該她做的事還愈來愈少，對比外傭，她不知該感到自己身分高貴些？還是孤鳥一隻？她這把年紀，活得好壞總有家庭，獨她一人還寄人籬下。

如果可以，她當然也想回自己的家。偏偏那些年秀枝金錢搞得雞飛狗跳，算盤還打到蕭醫師這邊來。「這一點仔錢，對個來講無算啥物。」那時還沒有手機，秀枝挑了沒人在家的午後打電話到蕭家來：「妳就共伊講孫仔破病，暫時需要錢，敢會使薪水先借幾個月？」

文惠女士忿忿拒絕了，寧可自己定時打公共電話回家，再也不許家裡人打電話到蕭家來。那段時期，蕭醫師聲名正漲，不僅醫界輩份高，若是哪兒出了事，天災人禍，也常是他組醫療團去現地支援。蕭醫師為人不擺架子，舉止接地氣，一口台灣國語更顯親和力，電視新聞有時會播他侃侃而談的畫面，文惠女士總希望女兒女婿別注意到那些。蕭家客廳也愈來愈熱鬧，除了醫界，還有新客高談闊論政黨與選舉，文惠女士常常回神發現這不就是報紙上那個誰誰誰？要不看了電視新聞，才知道家裡幾張老面孔，竟是那樣有頭銜的人。

這種時候，蕭家不缺保姆也不缺廚師，倒是很需要一個敏事慎言的管家。不同客人不同款待，誰愛喝什麼，愛吃什麼，盡量記清楚；什麼客人，什麼情況，茶上了就該退，如果真有誰愛聊天，招呼她這歐巴桑，她也知道怎麼應對兩句，說些生活知足的小事，讓人覺得蕭醫師待人好，連對下人都好。

直到有段時間，蕭醫師一躍成為新聞主角，電視、報紙都有頭家被攝影機包圍的畫面，家裡電話響得沒完，有些要轉要招呼，有些直接說不在，文惠女士不想弄清楚也得弄清楚，原來是頭家興致勃勃代表去開醫學會議，卻一腳踩進是代表中國還是代表台灣的仙人掌堆，痛得唉唉叫。

醫師娘當然不開心，那幾天，連跟朋友喝茶、打牌都不去了，悶在家裡對文惠女士抱怨：「以前做醫生，人共你感謝，這馬呢，刊佇報紙在隨人罵，到底阮是陀位做毋著？」

醫師娘把照片冊打開，給文惠女士看他們在美國的婚紗照，蕭醫師學術氣，醫師娘戴著花朵寬邊帽，公主般天真。「以前阮佇美國結婚的時，嘛有真濟黨外朋友來，怎樣今仔日罵甲按呢？」即使上了年紀，醫師娘聲嗓還是嬌嬌嫩嫩：「阮就是想欲替台灣做代誌才轉來啊，早知影按呢，就毋要轉來矣。」

頭家的政治事，文惠女士不僅是局外人，還是下人，再怎麼有眼睛，也不好多說什麼。況且，真要從文惠女士的眼裡看，她能說蕭醫師不是好人嗎？見她忙，總要她別忙，讓年輕新來的做，還讓司機載她去買菜。她能說蕭醫師不是好東家嗎？她只是不懂蕭醫師為什麼做醫生忙不夠，還興趣別的？以前看丈夫投資，知道他是為了錢，自以為看準了，其實是天真，你看的別人也早都看到，輪不到你來賺。蕭醫師會是為錢嗎？應該不是，但若不是錢，而是其他，那麼，文惠女士經驗更少了，想到這裡，她便繼續閉上了嘴巴。

●

那件事情過後，家裡就慢慢沉寂下來，這樣也好，文惠女士年過七十，吃不消賓客來來去去。自覺吃了悶虧的蕭醫師也不怎麼想管事了，沒賓客的日子，生活簡單，蕭醫師讀報、看電視，醫師娘不在家的話，文惠女士簡單下把麵條，放點青菜，他也是吃的。

光從這些表面來看，文惠女士的日子過得很好，住在一坪上百萬的房子裡，碗不用她洗，地不用她掃，她只需要接電話，讓家裡隨時有個人，幫蕭醫師交代行程，也讓來找的人可以留個話。

小妹本以為她過的是有錢人家生活，羨慕得很，但日子久了，就知道不是那麼回事。閒則閒矣，時間卻全然是扣住的。每次打電話來，小心翼翼問現在能不能講？轉送親戚間紅包白包，約在巷口便利超商，聊個十來分鐘，文惠女士就頻頻看錶。就算蕭家全無人在，文惠女士也從未想過讓小妹進屋來聊天，唯一一次是蕭醫師夫婦去美國看兒子，順便旅遊，一整個月，考慮到之前遭小偷，蕭醫師主動提起，讓文惠女士找孫女或姊妹來陪住個幾天。

「人客房便便(現成)，會使住一兩日。」蕭醫師說：「頂次提餅來予妳彼个，是最細漢的妹妹乎？」

既然頭家開口，文惠女士也就照辦。要說哪裡不規矩，頂多是除了小妹，她多找了二妹。四姊妹，三個守了寡，難得有機會聚在一塊，嘰嘰喳喳講個夠，還要文惠女士示範洗碗機怎麼用、沙發好不好坐、扮家家酒似圍著喝茶吃點心。然而，新鮮片刻，金窩銀窩比不上自己狗窩，兩個妹妹勉強住上一晚，還是回自己家去了。

文惠女士獨自守著過了一個月，打掃阿姨免來，司機也免來，她克盡職責，接電話，收郵包，生活規律，按時收看《後山日先照》——文惠女士望穿秋水，總算等到張美瑤復出——怎麼人家老了還是那樣好看？梳那麼老的髮型，穿那麼暗的衣服，但整部戲還是她一人在發光！文惠女十晚上八點看一遍，隔天重播又看一遍，張美瑤演的角色持家，堅貞，化解故事裡各種糾纏與衝突，文惠女士看得很滿足，很安慰，年歲過去，她演得更好了。

之後兩三年，張美瑤讓文惠女士的生活有了新的重心，不過，有些事情漸漸異樣，文惠女士三不五時感到疲倦，身上一會兒破皮一會兒起疹子，輕輕碰撞就瘀青。時候到了？文惠女士暗想。關於以後，離開這兒以後，該怎麼辦，她不是全無打算，早幾年，曾去看過老人院，但不確定自己能掏出這麼一筆錢，也猶豫要不要跟家人聚聚，享點親情。東想西想，拖著拖著，就到了這時。

蕭醫師或已看出她的老態，但沒說什麼。文惠女士知道自己該主動告退，但遲疑著決定不了時間。冬至前後，文惠女士頭暈，有時昏睡，忘了起床時間，忘了準備早餐，有幾次還耽擱到醫師娘。蕭醫師交代司機把文惠女士送到醫院去檢查，得結果說是造血功能低下，紅血球過低。

只是老了，不是大病，文惠女士自以為是鬆了口氣，可是，事情很快變嚴重，好幾次眼前一黑就不省人事。文惠女士終於開口，說是收拾收拾，馬上就可以走。

蕭醫師點點頭，還是每週讓司機送她去輸血，新聘了人，不是照顧頭家，而是照顧文惠女士。

「妳放心予伊照顧，多住幾個月。」蕭醫師給她找台階下：「一寡厝內代誌，妳亦會使共伊交代、訓練一下。」

●

農曆年前，文惠女士收拾包袱，離開住了三十來年的蕭家。她的行李不過幾件衣服，手錶，錢包，兩份存摺。

霜般寒冷的早上，少女記憶隱約浮現。那時的草地，走幾步，腳便會溼，但冰冰涼涼的，也很舒服。

文惠女士回家，說是家，其實沒怎麼住過。這屋子，是她出外幫傭之後慢慢存錢買下來的，說也奇怪，丈夫在的那些年，就沒想過買房子，莫非那人還想回南部去嗎？回想起來，文惠女士也不確定，夫妻倆根本還沒好好談過，緣分就盡了。留下來三個孩子，二女兒秀娟比較能讀書，好不容易考上大學，文惠女士安了心，把積蓄拿出來，和已經工作的秀枝，兩份薪水繳房貸，在景美溪邊買了公寓四樓。

她的如意算盤是秀娟大學畢業，去端鐵飯碗，吃公家飯，新家附近有警察專科學校，或可讓兒子阿鴻去裡頭馴服馴服，誰知道，還沒到能進學校的年紀，就先讓警察給捉了去，這下，有了前科，身家調查什麼的，都別想了。

秀娟後來，鐵飯碗是端成了，上下班卻老苦著一張臉，沒吃飽似的。文惠女士那些年正忙，很少在家，無暇顧及兒女想些什麼。熱死人的夏天，阿鴻莫名其妙給瘋狗浪捲了去，連戀愛都還沒談的青春，竟渾身浮腫地沖上岸來。文惠女士掀開塑膠布，想忍耐也來不及，放聲大哭，這輩子再不可能那樣哭了。陪她去的秀娟一臉茫然，什麼話也沒有，後來老往北投跑，跟人家禪修什麼的，文惠女士知道了，想說這樣也好，有個寄託，沒想寄託到後來，鐵碗金碗都不要，剃髮向佛去了。

屋裡剩下秀枝，結了婚，又有女婿住進來。文惠女士只在端午、中秋與除夕回去過節吃飯，聽阿雲、阿強叫她幾聲阿嬤。秀枝夫婦不是沒想過賣屋，是文惠女士怎樣都不點頭，關係愈鬧愈僵，如今女兒女婿躲債台中，阿強去大陸工作，只剩阿雲一人。

能說落葉歸根嗎？當初買房子，根本還沒想到這一天。房子在巷子尾，巷子很長很長，長長地走到盡頭是景美溪。早年乾巴巴的溪邊，現在整理成河堤公園，更顯出溪邊這些三、四十年前老公寓的破舊。文惠女士剛回來的時候，還能勉強爬幾階，去河堤看看，去買點菜，四層樓，爬一階喘兩階，別說花半小時，是花掉半條命。

「修理紗窗、窗仔門、換玻璃……」

如今文惠女士除了上醫院，絕少出門，成天臥床，睡睡醒醒，有時聽見這個，有時聽見那個，在長長的巷子裡。

「來喔，來買好吃的粿喔，有芋粿、菜頭粿、鹹甜粿、紅豆甜粿……」

「土豆，土豆，北港的土豆又閣來囉，燒燙燙的土豆、香貢貢的土豆、炊甲爛爛爛的土豆……」

有些近得刺耳，有些遠得零零落落，文惠女士記得很久以前還有磨菜刀、磨剪刀的叫賣，那時，她會推開窗喊：「喂，磨刀的，等一下喔。」

她咚咚咚地跑下樓去了，等在攤子邊，摀著耳朵聽刀與鐵磨得嘶嘶作響。

景美，景美，那時的人不說景美，說景尾，景是橋的意思。既然是橋尾，那麼，開端在那裡呢？新店嗎？她記得萬新線小小的票卡，她在台北最早的車票，搭過去搭過來，最後拆鐵軌那日，她抱著阿鴻去看，那日真冷，露水凍得她直打哆嗦。

往事葉落般飄下來，文惠女士張開手心，葉子要落頂多只是一個秋天的事，怎麼她就飄了一輩子？文惠女士又摸摸手臂，唉，老人身體跟落葉同樣難看，黃斑，黑點，乾扁扁再也使不出力氣攀住枝頭，就落下來了，落哪兒？落景尾？落嘉義？文惠女士懷念父親嚴謹的規矩，偶而也記起野谷太太的跪姿，啊，那對夫妻想必不在了，而那個在地上爬的娃娃呢？

●

文惠女士一輩子，常是伺候人的那個，如今換成阿雲來伺候她，就算是孫子也過意不去。她總要阿雲去忙自己的事，自己盡量安靜，盡量睡，睡不著就按電視遙控器，三立、民視、大愛，頻道轉來轉去，總期待有張美瑤，可惜愈來愈少，其他，文惠女士時斷時續，反正不管哪一齣，演員、服裝、布景都差不多，動不動播上百集，隨便什麼時候插進去看都可以。

「做戲悾（瘋），看戲憨。」常來看她的小妹，倒是對每部戲都有研究，她說，每個頻道，每齣連續劇，照著時段分配，這樣，一天就過完了。

文惠女士醒著的一天沒有那麼長，聽劇中人吼來吼去也受不了。她和小妹抱怨這些年輕演員說起台灣話怎麼親像柴頭尪仔，時不時就壓下巴，每個重音都誇張，簡直像把榔頭敲敲敲，敲得她頭痛。還有，為什麼，張美瑤又不見了？還活著吧？一說出口，文惠女士心驚肉跳，自己病了也罷，哪能這樣預期別人？可再想想，又原諒了自己，誰都要走到那一天吧？真到那一天，天生麗質的人約莫連死都會優雅些？過一會，文惠女士苦苦地笑了，死，不就是一口氣，沒了，還有什麼差別？又哪顧得上什麼優雅？要有，也是身邊的人費心吧？

文惠女士左思右想以後的事，想多了心裡就平靜下來。終歸是這樣一回事。她的時間快用完了，就是這樣。糊裡糊塗，身不由己，甘不甘願，都同樣，用完就是用完。她不想麻煩阿雲，難過，能不喊就不喊，看診、輸血，能不去就不去。

勉強又吃了一輪西瓜與榴槤，鞋店週年慶還是六折，甜粿、鹹粿都不能吃，土豆倒是吃了一些。

那是一個下雨天，廣播叫賣在巷底一遍一遍重複，像雨滴落到池塘裡，一圈一圈，蕩得文惠女士心裡好難受。

很久很久以前的下雨天，廚房裡蒸籠滾滾冒著白煙，文惠女士把臉頰湊上去，她喜歡那種暖暖的濕潤，可以炊粿，也可以炊土豆，剛從土裡拔起來的新鮮土豆，每個豆莢都沾滿了土，得在水裡洗好幾遍，母親教她邊洗邊把土豆殼捏個縫。

「按呢才煮得透。」啊，歐卡桑的聲音呢。

文惠女士已經記不清母親的面容，但還記得母親和四姊妹吃土豆的情景。每個人都想挑長一點的土豆，看剝開來有沒有整整齊齊靠攏著的三胞胎、四胞胎，那模樣，光看就好可愛，吃起來更好吃了。

年華似水，濕潤潤，霧茫茫，這長巷的叫賣，聽這麼久，怎麼就沒會意過來呢？文惠女士難得起了食慾，張嘴喊：「阿雲，阿雲啊。」

阿雲聽話，貼心跑下樓去，再回來時，手上多了一只熱呼呼的紙袋。

土豆很軟，比她想像的還軟。她自己煮的沒這麼軟，但可能因為太軟了，土豆味道少了些。

「阿嬤。」阿雲看著她問：「好食無？」

文惠女士點點頭，學廣播叫賣：「炊甲爛爛爛。」

阿雲微笑，像個小姑娘。

「妳敢知影，土豆的花是啥物色？」

小姑娘搖頭。

「是黃色的，細卡蕊仔（小小朵），但是會開真多蕊，規叢開甲滿滿是。」

小姑娘很訝異：「我想講土豆就是佇土內底。」

「是佇土內底無毋著，但是，總是要先出芽、生葉、開花。」土豆是春天種下去的，很快發芽，很快開花，花期很短，很短，有時，第二天去看，就謝了。

「花謝去了後，會發一條長長若像針仝款的枝，鑽入去土內底。」文惠女士邊剝花生邊跟小姑娘說：「彼个時陣，妳就要等，等，等足久喔，等到葉子蔫去（枯萎），就差不多矣。」

「差不多啥物？」

「挽土豆啊。彼條鑽入去土內底的枝，它會成長，生甲滿滿全土豆。」

「原來是這樣。」阿雲點了點頭，想懂什麼似地，改用國語說：「難怪以前課本有一篇落花生，原來花落了才會生。」

「花謝結實，是自然的道理喔。」文惠女士摸摸阿雲的臉頰，這小姑娘，怎麼從來不出去約會呢？

祖孫倆一起吃光了水煮花生，暖暖地睡了。雨停了。日子繼續迷迷糊糊、昏昏沉沉地睡，睡到文惠女士的頭髮塌了，扁了，小妹來會幫她梳頭，有次索性替她剪髮，剪太短，看起來像是剛做過化療似的。

椪柑結實累累的季節，差不多快過年了，秀枝從台中來，提了滿滿一籃。孫子阿強從大陸回來，說話有點陌生。文惠女士勉強坐上餐桌，吃了個沒有鮑魚的年夜飯。年初二，連久違的二弟也來看她，文惠女士體力不濟，見人嘴巴張張合合，耳朵裡灌了漿糊似地聽不清，只知道人家說著誰家兒子誰家女兒，這個怎樣，那個怎樣，文惠女士打個哈欠，孩子般問：「我到底是生幾個查埔？幾個查某啊？」

周圍的人都在笑，阿雲坐她床邊也笑，文惠女士皺眉，心有疼惜，又想搞清楚：「阿雲真正有孝，阿雲一定是我生的，對無？」

●

等不到第三個西瓜、榴槤的季節，文惠女士輸血次數多了，挖東牆補西牆，難免帶出其他毛病。上醫院去，一床難求，真求到了，請看護費用驚人，不請看護就還是只靠阿雲一個人，別說網拍生意沒法做，就連睡覺都困難。要說往返醫院，文惠女士早爬不上公寓四樓，阿雲也背她不動，找人幫忙一兩次還行，但這情況早已不是一兩次了。

另一件不知該說糟糕還是慶幸的事，文惠女士買了半輩子的這排老公寓，總算達成共識，向市政府申請增建電梯。對文惠女士的情況來說，有電梯當然是福音，可惜工程並非小事，從拆除樓梯間，打地基，搭鋼架，少說也要半年才能完工。

阿雲找母親、阿姨討論了幾次，半年以後的情況沒人敢說，但目前揹阿嬤看醫生已經撐不下去，就算醫院給病房長住，費用也付不起，最後的決定是大家都出點錢，在離醫院近的地方，租個有電梯的套房。

新空間連舊家一半都不到，好處是文惠女士不用叫喚就能看到人，終日聽阿雲指頭在電腦上敲敲叩叩，半夜醒來看見阿雲挨著她床邊打地鋪。文惠女士沒抱怨，阿雲就算做不好，也做足了，去外頭買東西，明知文惠女士吃不了什麼，還是會問阿嬤想吃什麼，自己便當裡若有阿嬤能吃的菜，也一定會先挑出來送幾口到她嘴裡。

然而，就像植物不能隨意換盆，狀況本來就不好的文惠女士，搬遷之後退化更快，連上廁所也難了。一輩子端莊自律，髮絲齊整，連裙長都妥妥當當過膝三公分的文惠女士，再怎麼惱恨也還是得包上尿布，髒了又得滿心羞恥地叫喚阿雲，若是阿雲不在，文惠女士簡直希望自己病到無知無覺。

生活無關幾月幾日星期幾，無關上午下午或黃昏，只關尿布與安素，談不上乾淨，談不上美味，更不知優雅為何物，文惠女士知道這一切痛苦都是要花錢的，她好痛苦，又好感謝，腦袋像煮爛的稀飯，阿雲把吸管湊近她的唇邊，跟她說好話，文惠女士只能擠出笑容：「這一日一罐，食甲阿嬤強欲起肖矣。」

●

半年過去，電梯工程才剛開工，光等文件就費了兩個月。阿雲買了輪椅，學會使用製氧機。出家的秀娟帶了師父來為文惠女士誦經，開智慧，要她無須多想，想了也無用，只管專心念佛，念到心無雜念，自然恢復正常。

二妹、小妹也來過，買櫻桃給她補血，湊在她耳邊說有趣的話，逗她開心。

阿雲很知道怎麼抱阿嬤坐輪椅，搭電梯，上下計程車，輸血有時，發燒有時，感染有時，包括其間不爭氣地掛了一趟急診。

第二次掛急診，醫生護士壓壓按按，針筒軟管也都扎了，沒叫她回家，也沒給她病房，暫且在走廊等著。

蜷縮在推床裡的文惠女士，看起來很小，頭髮亂，也髒，那種久病臥床難以解脫的髒，連嘴巴裡吐出來的氣息也是汙濁的。急診室與外隔絕，談不上熱，文惠女士額頭忽忽冒汗，有時睜開眼睛，喘，喘，喘不過氣。

接到阿雲通知趕來的妹妹們，看這情景，心涼了半截。

「姊ちゃん，姊ちゃん（大姊，大姊）。」姊妹握著文惠女士的手，接二連三地喊。

「毋打一通電話共蕭醫師拜託一下？」二姨婆轉頭對阿雲說：「看有法度找一間病房予恁阿嬤住無？」

阿雲搖頭，說阿嬤離開以後就跟對方沒聯絡。「阿嬤有講，人頭家娘身體毋爽快，莫麻煩人啦。」

「秀枝呢？」小姨婆一旁問。

「連鞭（馬上）就到矣。」

「恁阿姨有來無？」

阿雲點頭。阿姨說急診室情形太亂，等有病房就帶師父過來。

護士送藥來的時候，把文件也帶來了，放棄急救得簽名。阿雲簽了，送去護理台，一會兒又走回來。不行，還得再簽一個家屬。二姨婆與小姨婆看了看彼此：「既然恁媽媽會來，等伊來吧。」

就這麼巧，這時候，阿雲手機響了，不是秀枝也不是秀娟，是蕭醫師家的醫師娘。

說是歐巴桑的手機好幾天了都接不通，沒辦法，只好找以前的電話簿，不好意思，打擾阿雲云云。

阿雲嘴巴鈍，一下子也不知說什麼。

「想欲請問恁住佇佗位？」頭家娘在話筒那端說：「阮查某囝雅怡欲送餅去予歐巴桑食甜啦。」

「多謝，多謝。」阿雲一緊張就換國語：「可是，我現在跟我阿嬤在醫院……嗯，後來也有休養啦，但是……喔，好，謝謝，我，我會跟我阿嬤講……」

阿雲斷斷續續把情形交代了，也講了新居住址，讓對方把喜餅寄過去即可。

沒想隔日隨即來探。

那時，文惠女士已經住上了病房，藥劑、設備都安置妥當，稍稍恢復了點生氣，女兒、妹妹們圍繞在床邊，文惠女士半張眼，阿雲指著窗外的自然光，問：「阿嬤，妳有看著無？」

文惠女士微微點頭。

進房來的雅怡小姐，不知是被病房的氣氛感染了，還是從未見過那種情狀的文惠女士，瞬時僵了臉色，紅了眼眶。

她怯怯走近病床，摸了摸文惠女士的手，喚道：「歐巴桑，歐巴桑。」

文惠女士指頭動了動。這細細軟軟的什麼，是打從出生以來就在懷裡哭的那個小娃娃嗎？是牽著在巷子裡散步，去遊戲場玩蹺蹺板的小手嗎？文惠女士想回握那細細軟軟的什麼，這幼麵麵（細細軟軟）是誰人的手？彼个人？摸手就知，幼麵麵，是沒吃過苦才有的，少爺的手呢。

雅怡小姐還是哭出來了，反身藏進母親懷裡。

醫師娘沒說什麼，無論是醫院或人間世，這情景她都見過，也都知道的了。她推推女兒，要女兒近床，把該說的話說了。

「歐巴桑，我是雅怡啦。」雅怡小姐低下身去，可能不好意思，湊在文惠女士耳畔，台語輕輕說：「歐巴桑，我後禮拜欲訂婚喔，送餅來予妳食，妳要緊好起來喔。」

歐巴桑，莫叫我歐巴桑啦，ふみえ，ふみえだよ，叫文惠（bûn-huī）亦會使。是誰在講話？文惠女士覺得耳朵好癢，是誰共我創治（捉弄）？阮阿雲欲訂婚喔？結婚好，千萬

要有人疼惜喔。想當初彼个人，手幼麵麵，雖然是歐多桑做主的婚姻，但是，會當佮彼款的手牽手，掠做（以為）會幸福呢。

雅怡小姐直起身來，情緒似乎適應了些，看起來平平靜靜，向母親點頭說可以走了。

倒是哪兒不知誰在壓著哭嗓，眾人互望，是阿雲。本來還強忍著的小姑娘，被大家這麼一看，反倒放聲哭出來了。

秀枝走過去，安撫阿雲的激動：「歹勢，伊毋甘（捨不得）阿嬤。」

小妹緩場：「這段時間攏伊照顧阿嬤，傷忝矣（太累）。」

醫師娘點點頭，別人家務事，退場就是識相。她客氣說歐巴桑佮院作伙真久，親像厝內人仝款，蕭醫師嘛真關心，若有需要盡量打電話來。又說幾句寬心好話，帶著雅怡小姐走了。

「哎喲。」二姊在病床對面的小沙發坐下來：「敢有人送餅送到病院來？」

「人好意欲予大姊食甜，提來予伊摸看覓，若無欲送去陀位？」

「人欲辦喜事，閣專工來探望，真感心。」

「坦白講，這款情形，秀枝，妳拍算怎樣？」

「若真正到彼時，是欲留佇病院，抑是欲轉去厝內？」

「轉去啦，無論怎樣，轉去厝內較好。」

「現此時市內生活，哪有可能照以前做法？閣再講，轉去，是欲轉去陀位？」

「稅（租）厝遐傷狹，人厝主嘛袂同意。」

「阿雲，妳最近敢有去了解？阮厝內彼个電梯到底當時才會完成？」

阿雲眼淚已經擦乾了。母親與姨婆一來一往對話，她沒怎麼聽詳細。病房外的走廊，醫療車或餐車推來推去，發出很大的聲響。以前還送餐來的時候，文惠女士只沾兩口，常是阿雲吃掉，低鹽、低油、份量小，做實驗似的。現在文惠女士不需要用餐了，也幸好她聽不見人們對話，她睡著，平躺著，動也不動。阿雲神經質地去看床邊儀器，那條外星軌跡似的軸線，還在一波一波繼續著。

凱西小姐

1.

秋天的陽光總是那麼斜，因為斜，又顯得特別特別地長。

凱西小姐一把年紀，陽光早看過許多，但到秋天，依然感覺很美，愈看愈美。

她坐在等候室有一陣子，乳白色的窗外，黃綠參差的椴樹，秋光在枝葉間閃耀如金，且在對面屋牆投下畫像般的姿影。凱西小姐搗眉遮光，總想瞇眼貪看美景，但真與光迎上了，眼裡刷地一痛，頓時黑成什麼也看不見。

她摘下眼鏡，揉揉發痛的鼻樑。人們喜歡消遣印象派畫家是近視眼，若真如此，度數想必還不高，要像她這樣深度近視，景物輪廓不清，模模糊糊只剩下色團，真要作畫，恐怕連自己在畫布上畫了什麼都不明白。

「顏女士。」凱西小姐聽見護理人員的聲音，睜開眼睛。

「往上看。」護理人員搖搖手中的小藥瓶，朝她左右眼各點了兩滴。

散瞳劑帶來的刺痛感，慢慢散開。凱西小姐閉眼等待痛覺平緩，憑記憶回味那金黃燦爛的秋陽，胡思亂想春天陽光同樣又斜又長，卻沒有秋日這般火豔，而是淡淡的粉紅色，為什麼呢？

再睜開眼，凱西小姐的視覺有了變化，原本看不清楚的，還是看不清楚，不過，所有景物像烤蛋糕似地、軟綿綿地放大了。凱西小姐瞇眼扶牆，慢慢走進診療室。醫師打開燈，照射凱西小姐的眼睛，作眼底檢查。

「請直視燈源，忍耐一下。」女醫師和她同樣一年一年老了，忍耐也愈來愈難，眼眶不停出淚。

「不要閃。」醫師又說。

凱西小姐抓穩自己，瞄準強光，勿鬆動，莫偏差。一種刺痛幾近射穿的感覺，不知來自眼睛抑或全身，她強忍著繼續往那極亮盡頭望去，直至不知因為疲勞抑或真正失去視覺，她彷彿穿越了什麼，來到一處奇異空間，說不上亮或黑，感覺眼前開闊，全看見了，但又隨即提醒自己不是，是什麼也沒看見吧。

盲，是這種感覺嗎？凱西小姐猜想，所謂被拋擲到未知宇宙，被丟進時光洪流，是類似這種感覺嗎？

「白內障的情況，差不多該處理了。」醫師關掉燈源，說得好像水果成熟一般。

凱西小姐拭乾淚水：「您上次說的水晶體嗎？」

眼睛裡調節光線的構造，本該清澈如水晶，卻愈來愈混濁，光進不來，看什麼都模模糊糊，色澤也暗。「跟照片褪色差不多。」女醫師很善於以日常經驗形容病徵，混濁的水晶體，她會說成是窗玻璃怎麼擦都擦不乾淨，以為是外頭起霧了。

女醫師繼續說著玻璃體、視網膜、黃斑部的情況，各種眼睛器官知識，凱西小姐如今不想懂也得懂，懂了又未必能治療——如果問到治療，醫師常說人呀真是太貪心了，這是器官老化，不是感染也不是病毒，哪有藥物可以復原呢？要有，也只能手術汰舊換新，將自然換成人工，且還不是樣樣能換呢——凱西小姐難免沮喪，每年來這一趟，若非知道情況又壞了幾分，就是等個最壞時刻的宣判，這眼睛，如果使用時間有限，那麼，是要把世界看清楚了牢牢記住？還是能不看就不看，讓時間模糊平庸地延長呢？

回家路上，眼裡的散瞳劑藥效還沒退，凱西小姐的視覺依然是不穩定的，朦朦朧朧看得出日頭已經下沉，霞紅滿天，火燒似熱烈。很久很久以前，在老家巷子，逢見這般情景，亭仔腳裡的阿婆會拉高音調，指著天邊，對巷裡正在玩的孩子說：看，火燒雲吶。

世事理不清，世間總是美的，看不見還真可惜了，凱西小姐想著想著，愈發惆悵起來：

黃昏太陽將近欲落山，秋風吹來有時也會寒……

她哼起很久很久以前老家常有的歌，要說黃昏，母親就愛聽這首〈黃昏嶺〉。凱西小姐有一副好歌喉，每次談戀愛都輕聲軟語催迷了對方的心，英文歌唱過，法文歌唱過，可這台語老歌還真不好唱，咬字文白夾雜，記憶裡紀露霞還帶著那麼一點點歌仔戲的唱腔：

目賙向著家鄉彼爿看，坐在榕樹下——

凱西小姐唱到這兒破了嗓，榕樹兩個音實在高。唉，還是紀露霞唱得好，凱西小姐打消興致，不唱了。這年紀還想什麼家，再說，榕樹是家鄉才有的樹，這兒若要思鄉，人家想的是椴樹吧。

十月將盡，椴樹葉已黃落，若再颳陣秋風，就全禿了。

秋風呀秋風，哪是有時吹來會寒，是每年都寒到讓人打哆嗦呀。

凱西小姐攏了攏圍巾，日落西，日落西，母親是這樣說的。月亮還沒有升上來，天色說暗還不是全暗，狼狗暮色，別說看不清是狼或狗，就算此刻真有狼狗奔來，眼茫茫的凱西小姐也看不見。

凱西小姐邊洗碗邊聽音樂，以前她也用洗碗機的，幾年前機器壞了，沒法修，又不想換新。一個人，一隻鍋，幾張盤子，幾個杯子，頂多苦惱天氣冷，水溫低，指頭不聽使喚，要不是撞了邊邊角角，就是常把杯子摔破。

不過，打開餐具櫃，滿的呢，凱西小姐不在乎地想，老死之前都還夠用的吧。

「妳這樣想，那就真老了。」小妹前兩天才在電話裡數落她。

她呵呵笑答：老，還不老嗎？老也沒什麼不好，這些年她覺得挺快樂，打扮過活都自在，該鬧的都鬧過了，巴黎那些年，頂著厚重瀏海，眼影塗得又濃又黑，黏上又長又翹的假睫毛，人人都學碧姬・芭杜（Brigitte Bardot），愈禁愈反著搞，把國旗當浴巾用，把長靴穿得像聖杯，哎呀，凱西小姐茅塞頓開，原來男人眼中的性感是這樣。

多少年以前的事啦？翻箱倒櫃，講這些？

Wie einst Lili Marleen　一如從前，莉莉瑪蓮
Wie einst Lili Marleen　一如從前，莉莉瑪蓮

音樂都唱到盡頭了，講這些？

凱西小姐洗好碗，取來擦碗巾，還有一輪呢，這兒水鏽重，不把杯盤仔仔細細擦乾，洗了跟沒洗一樣。她讓音樂再轉一遍，馬可留下來的瑪蓮・黛德麗（Marlene Dietrich），多得很，凱西小姐老死之前，夠聽了。

馬可明明不老，卻老聽黛德麗。住在紅島（Rote Insel）那段時光，有客人來，他一定就要指著斜對街的窗戶，跟人介紹黛德麗在那間屋子出生，沒客人來，拉著她隨節拍從一間房跳到另外一間房，老錄音沙沙作響，技術有限得很，寫歌與唱歌的人卻充滿了自信，天地混沌初開，世界同時點了燈，那是黃金時代，創新都真正是新的，新得充滿了光芒……

黃金時代，這詞是曹老師教的，曹老師一定知道黛德麗，昭和摩登什麼都學，

怎麼可能漏過黛德麗？曹老師這代人就呼吸昭和摩登的空氣長大，何況是在東京？可他從來不說，歷史系的楊老師也不說，那代人，不說的事可真多。馬可說他父親也是如此，以前的事絕口不提，經常一人在後院吹口琴，就吹這首〈Lili Marleen〉，吹呀吹，吹到旋律結束的時候，垂下頭去……

馬可還活著的話，要滿七十了。七十歲的他們會一起做些什麼呢？舞，能跳還是要跳的，不能跳就作伴去樹林走走，不能走了，坐著看花都好。曹老師呢？她出國多少年，曹老師就走多少年了。

凱西小姐不怎麼計較年紀，但算算別人的年紀，也就忽地意識到自己竟然已經活過馬可、曹老師、父親的年紀，現下人生，可說早就沒了參考範本，倒是以前在他們身上看不懂或不以為然的，如今倒有了幾分理解——這是所謂人生領悟嗎？可到這種時候，人愈走愈靜，愈走愈少，要領悟做什麼？這些年，同學親戚一個接一個死，老同學千惠寄來明信片，還說顧公子在紐約急驚風地走了。

記得的男人都死得早。是怎麼啦？

凱西小姐把洗好的碗盤歸位，水槽也一併擦了，終於，坐下來，給自己倒杯睡前酒，專心聽起音樂來。

Die Seligkeiten vergangener Zeiten　過去的那些幸福時光
Sind alle noch in meinem kleinen Koffer drin　仍然珍藏在我那小小的行李箱裡
Ich hab noch einen Koffer in Berlin　我還有個行李箱在柏林

黛德麗女巫似地，把每個尾音都唱成了魔法，讓每個單調的房間都瞬時變了氣氛，馬可拉起她的手，旋轉，再旋轉，從一間房，再轉到另外一間房……

On a chanté, on a dansé. Et l'on n'a même pas pensé à s'embrasser.（我們唱歌，我們跳舞，不假思索地擁吻）——哎呀，錯了，這兒不是香榭麗舍大道，是西柏林呢——RIAS[1] Berlin，要開始了，馬可的廣播電台又要播黛德麗的柏林錄音啦……

「Eine Freie Stimme der Freien Welt（自由世界的自由之聲），」馬可模仿台呼，在她耳畔輕輕吹氣：「A Free Voice of the Free World，我還沒有去過 Free China 呢。」

Free China，馬可說得像情話，卻使凱西小姐感覺苦澀，兩個字都像身外之物。

1　Rundfunk im amerikanischen Sektor，美國占領區廣播電台。

「Ich hab noch einen Koffer in Berlin（我還有個行李箱在柏林）……」馬可邊唱邊說：「你知道我們就是那個行李箱嗎？」

凱西小姐抬頭望他，視茫茫，哪知是真是假。

「我們被留在這兒了。」

凱西小姐支著頸子，把曲子聽到最後，關掉廚房的燈，走進浴室，卸妝，洗臉。

「Ich hab noch einen Koffer in Taipeh（我還有個行李箱在台北）……」巴黎的小妹，老愛改成這樣唱。

何必呢？凱西小姐想，當初不就是想離開，才走呀走的，走到了今天。

「走，趁少年走。」教英詩的曹老師不耐煩地揮手。

凱西小姐走得夠遠了，一張遠洋船票，繞呀繞，半個地球，香港上船，馬賽下船，搭火車到了巴黎。

2.

凱西小姐從艋舺來，龍山寺香火百百年，寺前點心百貨鬪熱鬧，長輩聊天會說這兒是北皮藔、八甲町，寄信填資料寫成康定路、廣州街、昆明街，凱西小姐到了會看地圖的年紀，才知道原來那些是中國西南邊的城市。

凱西小姐穿過川端町，行過羅斯福路，來到台北城南，摸不著頭緒的地名，截然不同的景色，農田、水塘與苗圃灰撲撲，大學校園裡也野荒荒，剛蓋好的教室與宿舍孤零零，唯有從前文政學部人氣活絡，院外椰林道筆直而去，一端遠山層層婉約，一端青天白日滿地紅，高高地在校門口的堡壘警衛室上方飄動著。

凱西小姐和千惠去找曹老師做導師。千惠家裡本來就和曹老師認識，順理成章，倒是凱西小姐，曹老師一語不發盯著表格，以為他要搖頭了，才悶聲道：「聽講恁爸爸是杜先生的學生？」

父親的名望，不，杜先生的名望，凱西小姐是早知道的，台灣第一位醫學博士，父親成天講杜先生的事跡，做人、健身都以杜先生為尊，就連教養兒女也以杜家小姐做榜樣，不過，只有大哥大姊來得及念完整套學制，二姊先是碰上戰爭，後又碰上換政府，兩種國語讀得零零落落。凱西小姐一轉成為ㄅㄆㄇㄈ模範生，還進了杜家小姐讀過的高等女學校，穿上新的綠衣黑裙，英語成績很不錯，父親便接著說杜家小姐當年在台北帝國大學，做了第一個台灣人女學生，就是專攻英文學呢。

凱西小姐爭氣考進台北帝國大學——不，該說台灣大學了——父親卻因為旅途勞累，心臟病發而去世了。

君君臣臣父父子子，那時代還是這樣子的。凱西小姐家中失了支柱，陰盛陽衰，好像她們終也成了時代的未亡人。望你早歸，父親是不會回來了，躲過從軍，躲過二二八，依然沒有福分繼續活下去。醫院不再點燈，只剩下「德施仁術」的匾額，提親的媒人少了，偌大的屋子裡，寂寞的母親與二姊畫著洋裁版樣，成天開著電台說書唱歌，心酸苦戀，前途茫茫，被背叛的悲哀，有些日語，有些台灣話，旋律與唱腔都差不多。

「唉。」母親聽煩了，會嘆氣：「以前日本歌是日本歌，台灣歌是台灣歌，怎樣這馬摻濫（混在一起）做伙。」

凱西小姐知道母親說的日本歌是哪幾張唱片，台灣歌又是哪幾張，從五、六歲年紀，她就喜歡盯著那些黑色薄餅似的東西，轉呀轉地，滑出聲音來，簡直天地魔術：

獨夜無伴守燈下，清風對面吹
等待何時君來採，青春花當開

雨無情，雨無情，無想阮的前程
花落土，花落土，有啥人當看顧

一面一首，即將唱完之前，小小凱西總搶著要換唱盤，盤上的 Columbia 大概是她最早認得的英文字，小小凱西也能帶著稚嫩嗓音學唱盤裡的歌，不管怎麼唱，大人都含笑誇她唱得好聽。來到花樣年華，愈能唱，反倒不愛唱了，補破網，燒肉粽，台北上午零時，鑼聲若響，凱西小姐即使懵懵懂懂，也能感覺隱隱的怨嘆，唱在歌裡，瀰漫在日常生活裡，叫人不開心。死的死，半死不活的，關在屋裡一年一年老，心事醬菜似地藏在床底不見天日；凱西小姐不想那樣過日子，長輩們也三叮嚀四交代，讀冊就好，惦惦無代誌，千萬莫睬政治。

那種年紀，哪明白什麼政治呢？頂多不懂兒童時代見過的恐怖，不懂西本願寺為何變成大雜院，不懂早晨露水清新，為何有人神色那樣哀淒？然而，別問，問了也不見得有答案，有答案也未必能說出來，說出來呢——

——是恐懼，就是恐懼，太恐懼了，一道白色強光刷過去，看見的人都要瞎了眼。

聽歌吧，唱歌吧，台語煩，國語煩，凱西小姐查字典、背英文，跟著旋律蹦蹦跳跳：

Seven lonely days make one lonely week　七個寂寞的日子，成了寂寞的一週
Seven lonely nights make one lonely me　七個寂寞的夜晚，成了一個寂寞的我

明明有點悲傷的歌詞，不曉得為什麼卻那麼高興地拍手，轉來轉去地放，轉來轉去地跳，後來還配了華語詞：

給我一個吻，可以不可以？吻在我的臉上，留個愛標記
給我一個吻，可以不可以？吻在我的心上，讓我想念你

戀不戀愛都無所謂，光唱就開心。偏偏不多久，被禁了。索什麼吻不像話，唱得哼哼唉唉也太煽情。

凱西小姐規規矩矩進了大學，校園寒風剛過，荒地冒出來的新芽，按部就班讀英

文散文、小說、詩歌與戲劇，背讀三民主義、中國近代史、體育與軍事訓練。系上老師大江南北，系主任風度翩翩，待人也好，但神色總是憔悴，彷彿此地風物如何溫潤也無法給他安慰，讓人心裡生出幾些淒楚。同學亦是大江南北，聰明人多，有將軍、司令、外交官的兒女，也有法官、醫師、社長家的孩子，各有各的口音，除了國語，能講四川話、廣東話也挺上等，就是別講台灣話。

曹老師就是台灣腔，搞得帝大博士也要貶值。

「戰爭日本時，我閣會使刁故意講胡蠅（蒼蠅）、棺材、放屎尿，這馬呢，這馬欲講啥物？講來講去，若是教會曉恁欣賞啥物是 Rhythm，啥物是 Rhyme，就差不多矣。」

Rhythm 是節奏，Rhyme 是韻律。曹老師講莎士比亞最耐煩，一首十四行詩講兩星期，反正是選修課，願者上鉤。To be or not to be，文學裡是個 Question，現實卻沒得選。曹老師門下，凱西小姐不算出色，卻最能欣賞老師笑話，成天逛西門町，看西洋電影，後來有了 AFNT[2]，鄉村、藍調、搖滾各式各樣音樂，之於凱西小姐簡直是發現新大陸，白天聽，晚上聽，午夜也聽，The other side，是的，那些激烈的音樂讓

2 Armed Forces Network Taiwan，駐台美軍廣播電台。

她接通了另一個世界，儘管隔著廣闊的太平洋，美國流行聽什麼，一會兒就傳進她的耳朵裡來。

千惠也聽AFNT，為的是練聽力，她從高中就受曹老師指點英文，進了大學不管哪個科目都比凱西小姐用功，筆記密密麻麻，大學還沒畢業，就陪著理工科的男朋友準備留學考試，戀愛結婚赴美一起規劃。顧公子同樣年少就在曹老師家學英文，讀原文書完全不是問題，學校裡的課他還嫌無聊，很少來，唯有殷先生的邏輯課，才見他大剌剌坐在最前排蹺二郎腿。

殷先生說這是一個沒有意底牢結的時代，什麼都是漂浮不牢的，縱使有一兩個衝出來，也會不聲不響地被擦掉……

最後一年，凱西小姐新做了件旗袍參加畢業典禮，團體照裡頭好些人已經準備出國。時代白茫茫，灰撲撲，有能力的，紛紛先走了。凱西小姐雖有家產，但沒了父親作支柱，坐吃也會山空，姊姊嫁了，妹妹還小，她去參加公職考試，筆試不錯，輪到口試，人家問：

「府上哪裡？」

「台北。」

「不是問妳住址，問妳哪兒來？」

凱西小姐愣了愣，不懂，只好再說仔細：「台北，萬華。」

口試官點點頭，沒再問下去。

凱西小姐告退，一轉身，回過神來，哎呀，人家問的是省籍呢。

這一回神，心就涼了幾分。結果也的確沒錄取。那時公家名額跟國大代表同樣按省區比例分配，台灣本地僧多粥少，要分到她，太難了。

再考一年，學會老練，語言專業也強，終於進去公家機構做事，調來派去，處理外語資料，翻譯接待工程師或外賓，她很願意全力以赴，可怪的是外國人愈稱讚她，她愈莫名其妙吃苦頭。一段時間過去，凱西小姐開竅，原來求職做人不光照表面規矩，還有潛規則，有時，就連全力以赴都不應該。槍打出頭鳥，外省話這樣說；換成母親會說：出る杭は打たれる，突出來的釘子必然要被打下去；兩種說法意思差不多，兩方卻完全講不通。

凱西小姐覺得煩。意底牢結，ideology，殷先生自己譯的詞，回想起來，竟起了幾分共感，管你怎麼思想，到底都被牢牢打了死結，作為亦是無法流動的。但是，殷先生講的意底牢結是這意思嗎？殷先生到底期不期待人們有意底牢結呢？已經離開校園好幾年的凱西小姐想來想去搞不清楚，意底牢結這幾個字，看來看去也實在不開心，彷彿真有什麼 ideology，就一定要坐牢似的。

有段時間凱西小姐派去桃園，陪同外國工程師檢測水庫設備，每天筆記機械專門用語，有天，翻譯中途，忽然腦袋一片空白，幸好在場有位陳先生幫了她。會後特別去致謝，聊開來，說到唱歌，對方邀她參加每週三晚上的社員活動。

陳先生出身台南高等工業學校，工作餘暇組了四人樂團，有樂器，有和聲，本來是陳先生吉他兼主唱，加入凱西小姐，多了女性俏皮，也多了熱鬧。

凱西小姐愛挑英文歌，排解工作鬱悶，陳先生大幾歲，日文歌唱得不錯，〈有楽町で逢いましょう〉（相逢有樂町）那時正流行，陳先生也有幾分法蘭克・永井（Frank Nagai）模樣，憨直憨直，唱起歌來卻像按了開關，靈活起來。

「Frank？想欲入去美軍俱樂部唱歌，總是要號一个外國名。」陳先生抬高下巴，表情豐富：「妳看，若是我，啥物名較適合？」

「Marlboro。」凱西小姐也開玩笑。

「我哪有彼个本事？」陳先生恢復平常神色，又說：「我共妳講，除了 Marlboro，我捌在美軍俱樂部聽到一个叫做 Panana，喔，唱了真好，彼暗伊唱 Paul Anka，我毋捌聽過遐爾好的。」

People say that love's a game　人說愛情不過是場遊戲
A game you just can't win　一場注定贏不了的遊戲
If there's a way　倘若真是如此
I'll find it someday　我倒要找個機會
And then this fool will rush in　讓自己傻瓜似地栽進去

陳先生從中段唱起來，嗓音低沉，很好聽，Put your head on my shoulder，凱西小姐忍不住跟唱，陳先生伸手摟住她的肩膀，兩人唱得陶醉……

除了唱歌聽歌，陳先生生活簡單，交通食物能省則省，省下的錢都寄回去給父母與家庭——凱西小姐傻傻陶醉於人家唱歌好聽，沒想人家早有家室——「減租以後，厝內穡頭(農事)減真濟，經濟無以前好，小弟小妹讀冊，要我鬥相共(幫忙)。」陳先生說眷屬宿舍申請好久，都沒下文，又說以前美國工程師來，常找機會和他們聊天，問問美國大學畢業的工程師起薪是多少？

「講出來的，常常予我著驚。」

「怎樣？」

「清彩(隨便)算，至少有我薪水二、三十倍。」

「莫怪人人去美國。」

「若是以後會當升等，薪水較懸(高)，就無要緊。」陳先生嘆了口氣：「但是，妳嘛知影，頂頭職位有人占，真少出缺。」

「嗯。」

「職位懸，背景要求就濟。」

凱西小姐聽到這兒，想起當年面試：「若看是台灣人，人缺就無可能予你。」說完，凱西小姐心裡起了忐忑，話說太快。還好陳先生只是慢半拍，回道：「我捌申請調派單位，希望離厝內較近，無法度；眼前繼續落去，看無前途佇佗位？亦捌想過出國提學位，但是，厝內有某有囝，政府無可能允准你規家(全家)伙去，我一个人去毋知影當時轉來？」

凱西小姐調回台北的時候，陳先生還是沒有申請到眷屬宿舍。台北日子看似太平，中華路整頓得煥然一新，以前常去看西片的台灣戲院改成中國戲院，上映香港來的《梁山伯與祝英台》，大賣座，街巷收音機處處傳來黃梅調，就連歌唱比賽十歲小女孩都靠一曲〈訪英台〉拿了冠軍：

下了山，到池塘，她說鴛鴦兩啊兩成雙，她心中早想配鸞凰

鳳凰山，鳳凰山，家有牡丹等我攀

河中鵝呀河中鵝，我山伯真是個呆頭鵝……

凱西小姐再怎麼愛唱歌，也有意興闌珊懶得開口的時候，工作真像陳先生講的無前途，委屈又多，真話不能說也就算了，還得學著說謊，明明是被挖洞推下去，卻得演成乖乖領罪，宮廷內規，照劇本來，上頭或許留條路給你，但不乖呢？

兄姊建議她去請教兒時見過的張少爺，兩家長輩以前常有往來。張少爺戰爭期間多在香港、東京求學，戰後本想繼續赴美讀書，學校都申請好了，但駐外使館不發護照，也只能先回來。

「我彼陣可能受日本教育影響，頭殼直直，想法真單純。」張少爺格局大，無論講到什麼話題，都風吹不動，態度輕鬆：「轉來到基隆，船欲入港，一片烏暗，徛幾

个兵仔，才想講是毋是做毋著決定。」

張少爺後來進了新聞局，日語、英語流利，遇事又能想辦法。局內六十餘人，台灣籍僅四人，薪水又少，同事喊著要辭職，張少爺說：「就是台灣人少，所以咱更加袂使辭職。」

凱西小姐把張少爺的話放在心上。時局如此，張少爺負責國際對外，怎麼可能沒有難處？人家少爺都能屈能伸，她有何不可，就吞下吧。

寫信問千惠美國如何？回信說與丈夫去遊覽《湯姆歷險記》裡的密西西比河，原來河之大是這樣子。陪大姊去中山堂聽音樂會，從巴黎回來的作曲家，感嘆台灣沒有音樂環境。台大附近碰到顧公子，從金門服完兵役回來，依然一副孤高模樣。

「聽說你爸爸去日本了？」凱西小姐攪著檸檬水問。

「不是說要把日本畫從國畫裡踢出去嗎？」顧公子答得不耐煩。

「大稻埕，怎麼會是日本畫？」

顧公子不搭腔。

「你有打算要出去嗎？」

顧公子聳聳肩：「差不多了。」

虛無、苦悶、迷惘，那時代的常用詞，顧公子就是那模樣。要說有什麼不同，是顧公子多幾分嚴肅，和一小撮興趣文學、美術、戲劇的大學朋友，該說志同道合，還是相濡以沫，不分省籍全鑽進西方思潮裡找出路。

凱西小姐在學校裡和他們熟不上，進了職場更疏遠。擺在她眼前的現實是年齡到了，婚事緊，她心知肚明那椿苦戀不會有結果，也已不是以前的家世，在母親看來，是拖著拖著成了老小姐，催促大哥給她找對象，但凱西小姐總不領情，搞得全家不愉快。

悶著，熬著，不管怎麼奮力探頭，想浮出水面吸口氣，但彷彿總有隻手能把人死按下去，要不就是腳底水鬼糾纏，找替死般不讓人上去。

這種時候，發生了彭先生的事。以前媒人婆還殷勤上門來的時候，凱西小姐曾與妹妹躲在門後偷聽人家怎樣介紹彭先生，婚事雖然沒成，可彭先生愈發優秀，不僅是大學裡受歡迎的教授，也在國際間享有專業名聲，幾分道理說幾分話。

沒想到，即使是彭先生這等位置的人，良心有了矛盾，說真話亦是不許的。

虛無、苦悶、迷惘，凱西小姐不想懂也慢慢懂了，看向眼前的生活，光愈來愈黯淡，知道沒辦法，又不甘心這樣下去。凱西小姐先是寫信跟在美國的同學打聽，文科無論獎學金或就業機會都不多。不多久，教育部轉換方向，鼓勵歐洲留學，凱西小姐仗著以前在學校裡選修過法文，去新設的歐洲語文中心拿到法語結業證明，便買了船票。

離台前，凱西小姐去看曹老師。曹家公子來開門，說是曹老師睡午覺，請她進來坐著稍等。凱西小姐喝著送上的茶水，問曹老師這兩三年如何？

「仝款啉酒講笑詼。」曹公子先是笑，接而搖頭：「其實，有時陣，我毋知影伊為啥物愛講笑詼？」

凱西小姐幾句話來到喉頭，但想人家哪不知道呢，一定也知道的，不說罷了。

坐到日頭斜，曹老師糊著臉，無精打采走出來。

這回沒講笑話，提的都是大學裡的事，除了彭先生，還有殷先生。

「頂頭愛伊走，伊就是不肯。」

「伊講人生若像一支蠟（燭）條，燒完就好，但是，伊按呢等於是共蠟條放佇冰山裡底，必然是會熄去。」

「做學問的人，若對是非無堅持，哪著（何必）來做學問？有啥物學問會得（可）做？」

「本來我亦是閃避，當作家己是讀冊人，毋過，情形根本無可能遮爾簡單。」曹老師別開臉去看滿屋藏書：「講是靠冊活，事實，恐驚是冊佮我已經無路用去矣。」

「欲走，就走遠遠去。」

3.

凱西小姐對巴黎的初印象是白，建築物白，街上汽車白，人們嘴裡叼著菸白，蒙馬特山丘聖心教堂更白，從艾非爾鐵塔往下望，塞納河的水也是灰白灰白的。要說還有什麼其他顏色，是鐵灰色的屋頂，綠色的樹木，黑色的教堂，黑外套的路人。凱西小姐特別做了件黑大衣出來，學人家豎起衣領，一面覺得冷，一面又不習慣大衣的重量，身子底輕飄飄的。

初落腳的住處，屋裡住了日本女生早苗、阿根廷的蕾安。早苗同樣搭船來，說為買船票把儲蓄用盡，但巴黎是服裝業的核心，無論如何也要來試試看。蕾安讀哲學及文學，多數時間窩在房裡幫雜誌做校對，寫著自己的詩歌，許多早晨，凱西小姐趕著去上語言課，會在廚房遇著徹夜未睡的蕾安，正在抽收工前最後一支菸。

學校裡認識了從香港來的李舟，更精確說，是從中國大陸離開，流亡香港，想去台灣不成而輾轉來了這兒。「中法斷交，台灣竟毫無作為，簡直令我不敢相信！」李舟說話急，頭髮亂，衣服卻燙得很平：「世間不公，也無道義可言，我仍寄希望於台灣，想申請中華民國護照，但信寄出去，總無下文。」

李舟懷抱滿腔愛國之情，卻是無國也無家，想多認識台灣來的人，台北土生土長的凱西小姐對他來說很有意思，校園裡遇上，光站著也聊好久。「我看台灣來的人，死氣沉沉，對國家大事毫不關心。官僚麻木推託也罷，就連青年幹部，平常吹噓，真遇事就樣樣要請示上頭，要等回覆，真令我失望。」又問凱西小姐，聽說台灣的青年數量極多地到美國去，且都一去不回，可是當真？

李舟這樣的人畢竟是少數，多數台灣來的人也確實如他所描述，至於是不是一去不回？凱西小姐出來之前沒多想，來了之後才發現真是如此。

「妳沒讀過〈失根的蘭花〉嗎？寫透了我們的心呀。」同樣異國飄零，公園裡看花，有人想起的是北平公園裡的花，在島內籠籠統統打成一氣的望海鄉愁，到了千里之外，清楚地顯出差異來，倘若真有回去的那一天，回的是夢裡神州故土，哪是避難不得不的台灣蕞爾小島。許多外省朋友背負著家族要他們在海外光耀門楣的期待——既然回不了中國，到哪兒都是流亡，移民歐美至少比困在小島前途光明——吃苦也不能說，腳下不沾土地，不停往前飛，啣木築巢，直到安家落戶為止。

凱西小姐能體會他們的辛苦，然而，鄉愁只能附和別人的鄉愁，畢竟是寂寞的。她改以陌生語言交外國朋友，至少是同等的鄉愁，要不，就是老台北東介紹、西介紹，聚在了一塊。

「頭一擺看著五月沙龍，我傻去矣。」老謝從大稻埕來，和顧公子的大姊是美術系同學，大姊去了美國，老謝則說自己嚮往巴黎，崇拜法國畫家。「毋論用油彩抑是蠟筆，抑是完全毋欲食（上）色，擺會使，擺會講得，擺是藝術，這佮以前學校教的，家己想的，完全無仝，我愈看愈毋知是人黑白畫抑是家己傻？」

修先生出身艋舺，說起話來緩緩地，苦惱與憤怒都會被他轉成文火：「巴黎的藝術親像大水，油畫的人才嘛擺佇遮，見遍（每次）看到好的作品，我就會想，我敢有可能畫得比這閣較好？既然如此，家己欲畫啥物？若想落去，常常想得半暝睡袂去。有一陣，心情袂開，色彩那（愈）畫那厚，真無簡單交一幅作品畫巴黎舊厝，教授煞講得真輕可（輕鬆）：為啥物毋畫恁東方的素材？」

「伊這个人就是糜爛（死心塌地）畫圖，人學做生理，伊是逐工（每天）畫圖。」修太太一旁補充說笑話：「人講巴黎喝咖啡羅曼，但是這个人，就算去咖啡館，猶原畫伊的圖，免講談情說愛，連話嘛毋佮我講幾句。」

凱西小姐不學藝術，原來學的文學也放下，她自覺吃不了抽象的苦。在美國圖書館任職的杜家小姐說戰後西方大量蒐購東亞資料，很需要懂東方語言的人才。凱西小姐聽了她的建議，改註冊圖書館學，從頭學起。誰知不多久，逢上大鬧學潮的年代，校內大小遊行，標語滿牆，罷課家常便飯。

雖然出國前凱西小姐對美國的反越戰、民權運動，並非全無知曉，但要實際見著像五月風暴這種搖旗吶喊造反、革命、聚眾、放火的畫面，是絕無可能，光一個劉自然事件引起反美示威就搞到宵禁地步，如今馬克思、列寧、毛澤東頭像在眼前飄來飄去，與其說凱西小姐沒見過，不如說連想都沒想過。

身處這樣的時代現場，不管是單純出來念書，還是受不了苦悶出來浪遊，原來是忠黨還是親共，真學生還是職業學生，要說心裡全無動盪，實在不太可能。凱西小姐一路讀書上來，關於政治這回事，不是國民黨反攻大陸，就是中共統一台灣，不需要她的意見，也沒人能有意見。然而，出了國，再怎麼魯鈍的人也會察覺，世界的模樣，原來和國內教育的並不相同，原來革命不是死路一條的事，街上滿滿是人，示威者與鎮壓者打成一團，還能喊叫總統下台！為什麼？這樣可以嗎？為什麼他們可以？

凱西小姐思索自由，又覺自由的滋味好複雜，地鐵停了，銀行關門，郵差也不送信，就算不上街的人也要領受這場風暴，日本朋友說東大安田講堂被占領，連入學考與畢業典禮都停辦了。

「怕的人也可能更怕喔。」當年有個叫彩鳳的朋友，這樣說：「保守的找到理由更保守，把自由當洪水猛獸，社會亂源。」

凱西小姐已經想不起來彩鳳姓什麼，似乎是聯誼活動認識而後喝過幾杯咖啡的交情，聽她聊著想去印度朝聖之類奇異的話題。彩鳳最後去了巴西，說那兒工作機會多，什麼移民都有。那次見面，凱西小姐注意到她手上有細細的銀鐲子，稱讚好看，彩鳳二話不說就硬脫下來，送給凱西小姐當臨別禮物。

這一別就是半生，凱西小姐和彩鳳失去聯絡，巴西榮景不再，不知彩鳳還在那兒嗎？跟巴西同鄉會打聽過，沒答案，或許，叫彩鳳的人太多了。

學潮紛亂之間，修先生的作品選入畫展，老謝打算去美國發展，由同樣學畫的侯先生作東聚餐，為圓藝術夢跑來巴黎的外文系方學長也來了。

「美國這馬逐方面欠人，越戰毋知欲拖棚到當時？人才損傷真濟，連醫生嘛欠。

阮一个表兄，台大醫生毋做，換去美國賺美金。」

「除了美金，亦是為著自由吧，逐家攏是出來才知影予政府瞞騙。」

「若有機會，去紐約看覓，聽講大稻埕的張少爺這兩冬改派去遐。」

「啥物改派？予人誣告啦，不而過，人有本事，看你按怎擋亦擋伊毋著（擋也擋不住他）。」

「像伊遐爾有人面的人才袂曉利用，莫怪情勢對咱愈來愈不利。」

「毛派提倡講要重新瞭解中國，但是中國的情形規个暗崁（整個掩蓋）起來，根本無法度真正瞭解。」

「聽講有人對美國去彼爿呢。」

「有影？若有機會我嘛想欲去看覓。」

「這話毋當黑白講，萬不時有人共你打報告，以後欲轉去困難。」

凱西小姐記得很清楚，那天晚餐吃的是修太太和侯太太美雪親手做的炊粿，半吃燒，半吃冷，切蒜頭沾醬油。凱西小姐也記得很清楚，老謝消息靈通地說張少爺怎樣出生入死去越南幫國家做事，回程卻被誣告走私，又提到顧公子，和女朋友一起去了美國，現正活躍於保釣運動呢。

那樣寡言的顧公子，願意對人演說？願意開三天車，穿越半個美國去參加政治活動？他對台灣與中國的願景能夠實現嗎？凱西小姐思緒從巴黎飄回了艋舺，飄回了大稻埕，羅斯福路，衡陽路，檸檬水……

侯太太美雪起身，找了曲盤，放上唱機。凱西小姐聽見了似曾相識的前奏，繼而歌聲流轉出來——

阮是十八薄命農家女，離開家鄉出外來求利……

凱西小姐初次在海外聽見台語歌，她不喜歡唱的薄命歌詞，此刻卻有一種溫潤，莫名湧上心頭。她起身去看曲盤，《黃昏嶺》，紀露霞，黑底橘色彩帶，正中央那頂皇冠，她認得。

「我特別對台灣帶來的。」美雪在身後說。

「伊是阮艋舺人，舊厝離阮兜真近。」凱西小姐回應。

「有影？這馬換嫁來阮嘉義作外省人的新娘，雖然無閣唱歌，但是電台主持一个節目，叫做《紀露霞時間》，恁北部敢收聽會著？」

凱西小姐搖頭，除了AFNT，她聽太少了。

「侯先生厝內，除了唱片，奇奇怪怪台灣物件閣有真濟。」修太太一旁補充：「連廟裡底拜拜的金紙、銀紙攏有。」

「咱看慣習的台灣物件，有伊的價值，只是咱毋知影。」侯先生解釋：「紙錢頂頭的圖樣，看起來簡單，其實真有意思。寄付的對象無仝，材質和圖就無仝。譬如說，仝款畫神，我看壽金就比天公金有意思。」

老謝點頭：「民俗，特別是紙錢這款物件，人看袂上目，又閣禁忌，就無去注意到其中的藝術性。」

侯先生取來幾張小圖，對凱西小姐解說：「妳看，這是燒予好兄弟的經衣白錢，頂頭的衫褲、剪刀、鏡佮捋仔（梳子），是毋是真趣味？簡單幾條線爾爾。」

美雪拿出另一張：「這雲馬金，亦真婧。」

「伊佮恁借來了後，三不五時就提出來看。」修太太也湊過來端詳。

「我自細漢就佇龍山寺畫圖，這款民間生活的物件看真濟，印象本來就深。」修先生緩緩說話：「來到國外，會使親目睭閣看見，愈看愈有意思，引起我真濟想法。」

這幾個學藝術的人，在離故鄉千里遠處談論故鄉，強調要找有感情的素材，才有可能畫入心，一來一往議論，讓凱西小姐想起曹老師曾經酒後自嘲當年在東京作雜誌的事，說當時大家真有志氣，後來，時代變，人也變，那個誰家業大，改做生意賺錢，那個誰心如死灰，不問世事，無人繼續做文化。

那是比自己還年少的曹老師呀，凱西小姐掐指一算，真覺不可思議。然而，春天小妹才剛來信說，曹老師酒喝太多，走了。

修先生後來也去了紐約。那一年，很多事情讓人無法忘記。

先是彭先生出現在瑞典的消息，讓凱西小姐心頭一驚，特別去買了新聞週刊來確認，彭先生神采奕奕坐在扶手椅，後頭門框與書架是此地式樣——彭先生確確實實身在歐洲——凱西小姐真不知他是如何避開重重監控，插翅飛出台灣，而後，又有台灣留學生在紐約對領袖之子開槍的事，上了各地報紙版面，在海外台灣人圈子裡引起很大波浪。

侯先生與方學長等人本來就在討論組織台灣同鄉會，那年的情勢，或許讓他們更積極起來。雖說人在他鄉，訴求同鄉互助，是自然而然的事，但名稱上要說是台灣，人人心裡便戒備起來。即使如此，幾個從比利時、瑞士、德國來的朋友們，與侯先生、方學長分工，只要有空，就自掏腰包跑遍各城市，向台灣來的學生說明、鼓勵他們加入同鄉會。

這些本來醉心畫圖、擅長念書的人，為什麼要撥出時間來做這些？那時候的凱西小姐還很坦率，很樂觀，碩士文憑入手，如同杜家小姐所說，研究機構對多語人才需求孔急，順利找到工作，漸漸體會人生掌握在自己手上，七〇年代開端，巴黎大街小巷、人人聽見都能哼上幾句的〈Les Champs-Elysées〉（香榭麗舍大道），的的確確感染了她：

Je m'baladais sur l'avenue　我在大道上閒逛
Le cœur ouvert à l'inconnu　對陌生人敞開心房
J'avais envie de dire bonjour à n'importe qui　不管是誰，我都想對他說日安

Bonjour! 陽光下，享受生活，對人敞開心門，為什麼不？為什麼怕？Bonjour! 喝杯咖啡吧，看場表演吧，把心裡的烏雲趕走吧。友善，活力，互信，若問凱西小姐來到異鄉想追求什麼，應該就是這樣順乎本性的生活，侯先生他們爭取的不也是回復本

性而已?身邊一幫男性友人急於從政治下手,凱西小姐雖然心存忐忑,但很快便被他們不計利益的熱誠說服,她成了最早期的同鄉會會員。

另一方面,異鄉生活久了,新鮮浪漫褪色,她難免有些想家,日日看熟的景色,在心裡撩起的不再是懷抱浪漫的志氣,而是不知歸宿何方的漂泊,故鄉形影忽隱忽現,在屋簷上,在河水的倒影,在教堂寂靜的內心。

與其說她想回家,不如說只是想落地,她不希望自己亦是飛鳥無巢可歸。就算外國月亮比較圓,故鄉殘月仍然讓人懷念,盼望殘月終也會來到滿月時刻,自己的國家社會可以和別人的一樣自由開放,如果可以,凱西小姐何嘗不想生活在自己的土地,做一個所謂有用的人,像杜先生那樣,像父親那樣,醫治人們的病痛。

她第一次回了台灣。家鄉好久不見,殘月彎彎,老家附近的茶店與煤炭氣味都還在,電視有了第二個頻道,大學裡殷先生已經過世,四十九歲,母親說,逢九必凶,四十九尤其是劫數。

她去看了以前工作的朋友,參加了大妹的婚禮,小妹家專畢業,工作平平,問她能不能也到巴黎去。母親點了頭,畢竟凱西小姐已經人熟地熟,種種可能,樣樣手續,總比上次順利些。

回到巴黎，聽侯先生講起受恐嚇的事，還有人假藉參加活動抄錄同鄉會名單送回國內打報告。不多久，中華民國終究失去了聯合國席位，人心惶惶，台灣同鄉之間更需要彼此取暖，然而，同鄉會依舊不被允許，政府愈是恐懼，愈是杯弓蛇影，凱西小姐覺得身邊一直都在的管控，是愈盯愈緊了。

「想法閣按怎無仝，各人過各人的生活，無妨害到你，何必做甲按呢？」凱西小姐義憤地說。

「各人有各人的苦衷。」美雪回答：「有人是不得已，有壓力，毋做抉使，有人是真正認為家己做的代誌是正確的。」

「黑白報，害人前途甚至性命，哪會講是正確？」

「為國除害呀。」美雪用華語笑著說。

害？為何是害？明明她所認識、所聽說的一個一個名字，都那麼優秀，不過是不願忍受良心的麻木，坦蕩蕩說出心裡的話，將真實面目袒露在陽光下。凱西小姐選擇繼續相信自己對人的判斷，與誰相談甚歡，與誰一起做事，出發點都是實際的相處，合不合得來，欣不欣賞對方做人做事，是因為個性而未必因為政治，即使後來這些都被歸納成了政治。

侯先生與美雪，簽證到期，去駐外辦事處申請延續，被拒絕了。

雖不是完全料不到的結果，但眼睜睜看對方連頭也不抬，把護照收進抽屜裡去，美雪感到意外：「不給延就算了，憑什麼不還我？」

「道不同不相為謀。」對方冷冰冰地說。

「這是什麼意思？道不同不相為謀，就可以沒收我的身分？」說著說著，美雪還是哭了。

重視故鄉而倡導故鄉事，反倒被取消回鄉之路，凱西小姐怎麼想都覺得道理說不通，或許因著這股不服氣，她照舊去找美雪聊天、聽唱片，跟她學做菜；政治的事情，侯先生說的有道理，她會點頭，需要幫忙，行有餘力就去幫忙。

「既然已經予人做記號，繼續驚惶嘛無路用。」她記得侯先生這麼說：「不如頭洗落去，該做啥物就做，會當做偌濟（多少）就盡量做。」

直到發生了阿辰的事。

4.

十一月，一年最讓人憂愁的月份，天色茫茫，不是濃霧，也沒下雨，就是黯淡的光，就算心理不憂愁，身體也憂愁。每年到這個月份，夏季日光浴好不容易曬乾的溼氣一股腦地回來，凱西小姐鼻水直流，手腳麻刺，膝關節也痛。

「今仔日想起阿辰。」凱西小姐和在巴黎的小妹電話閒聊，數十年如一日。

「佗一个阿成？」

「妳袂記矣，佮妳坐同班飛行機來的阿辰。」

「啊，彼个阿辰，妳無提起，我正實放袂記矣。」

自己海路迢遙，小妹來的時候，凱西小姐給她買了張機票，轉兩趟機，好不容易盼呀盼地在機場見著了，迎面想也不想就送上一個大擁抱，回過神來，才發現後頭跟著一位男子，直盯著她，眼裡滿是戒備。

一種忽然收緊、不安的感覺瞬時湧現。那人頭髮亂糟糟，面目枯槁，一下子讓她記起以前在台灣認識許多男孩就是這副模樣，別說肢體不自由，就連表情都受束縛、扭曲的感覺。

小妹說是法語課的同學，出發前幾天才知道同航線。在松山機場，大哥大姊拜託人家沿途照應小妹，但到這兒，人地生疏，阿辰跟著她們姊妹倆走通道、上廁所、買車票，木偶似的，要講他不懂禮貌，好像也不是，只好當他怕生，眼神閃躲，整張臉不清不楚，五官好像埋在土裡沒有顯現出來，明明沒見過，不知為何卻覺得面熟。

回市區的火車裡，凱西小姐拿出巴黎市區地圖，指給小妹看，阿辰很感興趣地湊近過來，凱西小姐聞到他頭髮的味道。問他要去哪裡，說是盧森堡公園附近的教會宿舍。

凱西小姐找到那個方位，標出來，遞給他：「送你。」

阿辰顯露詫異，手腳不知往哪兒放似地，胡亂把地圖塞外衣口袋不對，拉開行李箱又太麻煩了。

凱西小姐留了電話給他，說是有事可以相找，但她很快忘了這個人，家裡電話也沒響起。生活多了小妹，上侯先生家裡去打擾吃飯的次數少了，直到冬至，美雪打電話來，讓凱西小姐去家裡吃湯圓。

開門照例有幾個來客，其中一人覺得面熟，還沒叫出名字來，就被他說話的腔調嚇了一跳。

「中國核彈已經做出來，閣講啥物反攻大陸！」

初印象是話不多的人，沒想酒喝多了，開口，又猛又嗆。

細看，阿辰頭髮長了，這才知道原來是捲毛，鬍渣也亂，既然刮不乾淨就乾脆養成落腮鬍，本來就彷彿埋在土裡的輪廓，這下更看不清楚了。

「莫講啥物自由中國，自由佇佗位？無罷工，無罷課，嘛無人敢出頭，若是真正自由哪會遮爾平靜？有佗一个自由國家的狀況好甲這款程度？人人滿意？人人無意見？」

講話的是從瑞士來的嘉先生，頭腦清楚，講話神采好，也很能照顧與啟蒙他人。阿辰仰著頭，眼睛眨也不眨地，專心聽著。

「蔣政權上驚國際社會知影個的真面目，所以，咱要緊做的就是共資料，譬如講，目前關押著的政治犯的資料，交予國際上的記者、人權組織，盡量佮有正義感的人合作，而且要及時。」

凱西小姐聽得出來，這些在侯先生家裡進出的人，和當年的彭先生一樣，對台灣的現實與未來，另有一套想法，除了同鄉會，他們也參與台獨聯盟。侯先生說，阿辰理念上合得來，又是安靜做事的人，趕時間，請他來幫忙刻鋼板，沒有第二句話，粗短的手指握起鐵筆，格外有力氣，通宵也不喊累。

後來各種同鄉會瑣事，凱西小姐亦見識到阿辰的肯做，大小活動要人跑腿、搬重物、洗杯盤，傳單刊物需要人抄稿、貼版，阿辰做什麼都行，就是不能讓他對外勸說，口才笨，又不親切，遇上有人不願填寫名字、公開身分，阿辰就臭一張臉。

「哪有可能無感覺？那是你刁故意毋要感覺。你有目睭，有頭殼，頭殼毋敢想，身軀敢無感覺？毋應該有的限制，就要去改變，若無是欲按怎過生活？遇著問題就逃避，是欲作啥物學問？」

連珠炮似的，這男孩不時髦，不禮貌，出疹子似地坐不住，這兒那兒亂找方法，平常悶聲不吭，生氣時說個沒完。凱西小姐放洋幾年，愈來愈依隨自己的直覺，眼前這男孩實在一點都不適合巴黎，又臭又硬，不體貼別人的心，也不在乎別人嘲笑，可她感覺他正直，正直的心卻又往往豆腐似的。

中秋佳節，有人出借車庫與廚房，讓同鄉聚會聯誼。凱西小姐被美雪推著上台唱了幾支歌。倚在牆邊聽的阿辰，投來視線直愣愣，彷彿未意料到她會唱歌。

月色照在三線路，風吹微微，等待的人哪未來
心內真可疑，想袂出彼个人，啊啊，怨嘆月暝

凱西小姐很久沒在眾人面前唱歌，何況被指定要唱台語歌，剛開始靦腆，但幾句之後，旋律彷彿玻璃罩似地將她與眾人隔開，她沉入自己的情緒：

敢是注定無緣分，所愛的伊，因何乎阮放袂離
夢中來相見，斷腸詩唱袂止，啊啊，憂愁月暝
更深無伴獨相思，秋蟬哀啼，月光所照的樹影
加添阮傷悲，心頭酸目屎滴，啊啊，無聊月暝

掌聲平息下來，凱西小姐恢復平常的模樣。
阿辰走向她，問道：「尾後幾句，啥物樹影，我聽無。」
「秋蟬哀啼，月光所照的樹影。」
阿辰皺眉，還是疑惑。

「秋天的蟬，叫得真悲哀的意思。」

「遮爾困難的台灣話，我袂曉講。」

「唱歌的詞，讀冊音較濟，念起來咬舌，唱起來就會自然。」凱西小姐能唱，但要說怎麼唱，她就不太願意，改講別的：「今仔日的月餅，聽講是你介紹的。」

「我在餐廳洗碗，借機會予個賺錢，對我家已有好處，哪敢講啥物介紹。」

阿辰搖頭。

「你有工作卡？」

「若查到欲按怎？」

「我無選擇。」

阿辰推門往後院去，點了根菸。月光皎潔，院子盡頭幾棵老樹，凱西小姐指著地上的明暗說：「這就是月光所照的樹影。」

阿辰笑了笑，沒說什麼。

凱西小姐改口問他餐廳老闆待人怎樣？待遇如何？

阿辰沒直接回答，卻說別的：「嘉先生講伊以前去印報紙的工廠作夜班，薪水濟，還會使先看報紙。我若有本事找到彼款頭路，就心滿意足。」

「你不如專心讀書。」

「帶來的錢有限，我無選擇。」

同句台詞，他說兩遍。凱西小姐沉默，思量自己何必領閉門羹。

阿辰卻問：「恁妹妹最近好無？」

「一來就談戀愛，實在料想未到。」

阿辰點頭。以為他沒話，又來一句：「伊看起來是幸福的人。」

幸福，這兩個字從阿辰嘴裡說出來，感覺很怪，像法蘭根斯坦的怪物流下眼淚。

「我欲轉去矣，妳咧？」阿辰踩熄菸頭。

「我佮你作伙行。」她帶著姊姊的心情，補了一句：「錢的代誌，逐家朋友會使想辦法。」

「無必要對我按呢，我毋像恁遐爾仔有才。」

「莫講這款話。」

「但是我有勇氣。」

阿辰望著月亮，秋蟬哀啼，凱西小姐感覺眼前這個人根本不是對著她說話，而是對著，對著什麼呢？這麼多年過去，凱西小姐仍然不明瞭，無法清楚說明，那個阿辰，他到底對著什麼呢？

阿姊，問無阿辰的消息。

二、三十冬前的代誌，知影的人，解嚴了後大部分攏轉去了，留佇遮的，我問幾个，完全無印象。

妳問台灣彼爿的朋友看覓？

有影？人總是會變，若是變甲認毋出來的程度，按呢就無話講。

以前作伙袂冤家，這馬煞因為錢和位，喊變面就變面。

既然毋是因為分無位，就信任交予人去做。莫為著一口氣敨（解）袂開，固執起來完全予人袂講得（聽不得勸）。

我這馬最驚為著一口氣的人。

是啦是啦，我在講湯尼。說嘛奇怪，政治主張無仝，性底（脾氣）煞來仝款。

醫生有開藥仔予伊，但是，吃了後，手直直震（顫），唉，妳亦知道他佮意（喜歡）寫毛筆，氣噗噗，怨毋食，我嘛無伊的法（拿他沒辦法）。

這馬若是無人陪，我袂放心伊一个人出去。這款情形，恐驚明年我就毋轉去矣，飛來飛去困難。

彼一日，伊佮我講起以後的代誌。幾冬前，阮專工送伊父母轉去大陸，彼時想無遠，這馬換到家己，煞毋知影續落來欲按怎處理才好？

過身以後的代誌。伊最近常常提起這方面。

是啊，尤其是阮閣有囡仔佇遮。

講到尾，會講莫名其妙的話，熟識伊遮爾久，毋捌聽過伊彼款口氣。

話講轉來，妳為怎樣突然想起欲找阿辰這个人？

批信，人寄予妳，就是妳的。妳莫想太多。無的確，人根本忘抾記去矣。

像伊按呢，無可能轉去台灣，法國敢會予伊繼續留落來，嘛是問題。

聽說紐約彼个彼得已經轉去，伊應該嘛會使轉去才對。

若是妳無提起，連我嘛忘抾記。一个人，為著政治來莽撞，結果無聲無說（息），敢有價值？

妳的講法和湯尼一模一樣，好啦，Christmas，等看妳來佮伊開講，會較歡喜未？

5.

Manches verging, was einstmals Staub gemacht　有些事，彷彿塵埃逝去
Doch manches ist noch heute so, wie gestern　但也有些，今日仍如昨日

凱西小姐躺在床上聽音樂，〈Berlin, Berlin〉，還是黛德麗，馬可在的時候，喜歡學著歌裡挖苦：不懂柏林的人很容易燙到腳喔，這兒生活好危險呢，跌倒沒人會理妳喔——馬可老用誇張的表情，睜眼努嘴逗她笑——Berlin, Berlin，妳來到什麼古怪地方啦？

凱西小姐每次都被逗笑了，柏林的確又甜蜜又粗暴，一會兒哭一會兒笑，當初一起聽歌只為拿來說嘴，沒了馬可，凱西小姐才慢慢聽出裡頭的真愛來，黛德麗，這老柏林，為敵軍唱歌的性感女神，可真看透了這城呢。

Berlin, Berlin，她以為可以和馬可相伴到老的。

凱西小姐起身，打開電台，轉到法語頻道，往年這個時間，應該在巴黎過聖誕，

今年機票其實也買了，誰知上週跌傷了腳踝，走路不方便，更不用談旅行了。

她找張椅子在衣櫃前坐下來，繼續收拾以為去巴黎前會整理好的衣物。過去日子天長地久，東西從無到有、從有到多、多又求好地買，要不產業哪會復興？經濟哪會活絡？家家戶戶囤成肥滿空間，直到馬可突然撒手而去，凱西小姐頓時了解何謂無常，再有滿山滿谷都成了無意義的物質。

活著的人在那山谷之間，剛開始的確需要點留戀，久了，漸漸為這留戀而難受起來。這些年，凱西小姐趁聖誕節來臨之前整理屋子，先是請馬可妹妹來拿些衣裝、照片，去年夏日也與馬可以前的助手見面，說好把大部分唱片轉送給他，如此，漸漸有了輪到自己的心情，趁在的時候，收拾收拾吧。

〈Que reste-t-il de nos amours?〉，我們的愛還剩下什麼？凱西小姐邊收拾邊聽出了這首曲子，唱的人卻不是特雷內（Charles Trenet），而是哈蒂（Françoise Hardy），主持人帶著激動口氣讚賞她的新專輯，真不容易，到這年紀還有新作，讓人們就算忘記了也要重新想起她，凱西小姐就是如此，當年哈蒂的出道曲〈Tous les garçons et les filles〉，塞納河邊男孩女孩成雙成對，誰沒聽過呢？

Je me demande quand viendra le jour　我想問那天何時到來
Où les yeux dans ses yeux et la main dans sa main　眼望著眼，手握著手
J'aurai le cœur heureux　我的心將如此快樂
Sans peur du lendemain　無懼於明天

衣櫃裡什麼類型都有，卡普里，千鳥紋，喇叭牛仔褲，螢光色洋裝，配上大鈕釦的開襟外套，長版毛料大衣，歐洲溼度不高，衣服放上二十年也不發黃。凱西小姐揀來揀去，捨得的，都是花錢買的衣服，沒花錢的，反倒猶猶豫豫捨不得，都是在巴黎親手做的，那時台灣帶來的錢用得差不多了，憑著往日跟姊姊從《裝苑》雜誌練出來的手藝，早苗介紹她去日本設計師的工作室打版當助手，工具多，布料也有，好幾件迷你裙，花布拼接洋裝，無袖連身裙，一放就到今天。

教堂鐘聲在敲，社區裡卻很靜。柏林與巴黎同樣，大城市，平常來來去去的年輕學生、中產家庭到這前後，都回家鄉去團聚了，前幾天行動不方便的凱西小姐還能託鄰居幫自己買日常食品，到了聖誕當日，幸好有同鄉的康和夫婦要來。

竟然還在最後時刻扛了株迷你聖誕樹進門。

「剛才車站前硬要買，也不管拿不拿得動。」康和的妻子安安埋怨道。

「難得凱西今年不去巴黎，我們又要回台灣。」康和說得理直氣壯：「最後一個聖誕節，當然要好好紀念呀。」

凱西小姐剛認識康和的時候，他是個連荷包蛋也煎不好的大男孩，不習慣吃麵包，遇到同鄉會聚餐，埋頭猛吃的幸福感逗樂許多長輩，但真要說熟起來是因為他常來凱西小姐任職的圖書館報到，德文日文都埋頭苦讀，一問，說是研究老台北城的建築根源。

「台北城的新公園，你們可以把它想成柏林的蒂爾公園（Tiergarten）。」解嚴以來，研究禁忌逐漸打開，康和指著二戰前的日本圖冊，對凱西與馬可說：「中山北路三線道，就是柏林的菩提樹大道；這整套規劃，本來是為東京設計，結果，反倒先在台北實現出來。」

十年過去，馬可走了，康和博士入手，這個飢餓的台灣男孩，不僅已經很能做飯，還結婚成了家，今天另外約了兩個剛來的台灣留學生一起過節，拍胸脯說餐點全由他們來準備。

When the night has come　當夜幕降臨
And the land is dark　黑暗籠罩大地
And the moon is the only light we'll see　皎潔月光是我們唯一指引
No I won't be afraid, oh I won't be afraid　我不會害怕，不會恐懼
Just as long as you stand, stand by me　只要你在我身邊，陪著我

「無想到妳英文歌猶原唱得好聽。」

「這歌流行，誰人攏會曉唱。」

「我就袂曉。」

「哪有啥物袂曉？」凱西小姐逗他：「嘴打開，就會曉唱。」

偏偏阿辰嘴巴閉緊緊，蚌殼似的，還臭一張臉。

「你想看覓，以前唱過啥物歌？」

「〈月光下〉（Au clair de la lune）。」

Au clair de la lune, Mon ami Pierrot　月光下，我的朋友皮埃羅

Prête-moi ta plume, pour écrire un mot.　借枝羽毛筆，讓我寫東西吧
Ma chandelle est morte, je n'ai plus de feu.　我的蠟燭也燒盡，沒有火了
Ouvre-moi ta porte, pour l'amour de Dieu.　看在上帝份上，幫我開個門吧

阿辰模樣非常認真。這首兒歌，凱西小姐以前上法語課也唱過，雖然強裝若無其事，還是忍不住笑了出來。

阿辰不唱了，變回原來的臭臉。

「你敢會想欲留長頭鬃（髮）？」凱西小姐說。

「以前。」

凱西小姐很訝異：「這馬哪會剪遮爾短？」

「無人管就無意思。」

「敢有人講你生得真像 Jim Morrison ？」

「誰？」阿辰面無表情，判斷不出他到底是知道還是不知道，那神情剛好就像極了 Jim Morrison。

「來。」凱西小姐拉起他的手，往點唱機丟銅板：「Light My Fire。」

前奏旋轉木馬似地轉呀轉，Jim Morrison 開始哼呀哼，兩三個和他們同樣來早了的客人，把旋轉椅轉來轉去地跟著，角落一位老嬉皮似的常客瞧著他們，一口一口把酒灌進嘴裡。

管風琴間奏很長，很長，長到阿辰分心，想走。凱西小姐拉住他。

音樂靜下來，阿辰抽手：「結束。」

「猶未（還沒）。」

說完，電吉他揚起幾個音，心碎，旋律再起，一波一波灌進耳裡酥酥麻麻，凱西小姐搖搖擺擺聽得神往，隱約聽見阿辰：「妳毋是真正有心。」

「啥物有心？」凱西小姐張開眼睛，發現音樂沒有了。

「妳毋是有覺悟的人。」阿辰往外走，只留下背影。

「我聽無你的意思。」她不開心，追到外頭，撞上一個戴黑帽的猶太老紳士。

阿辰轉過來，混濁的五官，低聲道：「妳心內佮意嘉先生乎？」

「莫亂講。」

阿辰往前走，腳步很快，凱西小姐跟不上。

「欸！」凱西小姐喊：「欸！」

「妳對政治敢有瞭解？」

凱西小姐失去了阿辰的蹤影，他的聲音卻清清楚楚。她奔向街角，轉過去，還是沒有，這該死的瑪黑區，人到底哪兒去了？

「無，無瞭解！」她煩了，算了，不想再找：「攏予恁去瞭解！」

凱西小姐醒來的時候，屋裡瀰漫奶油的香氣，是安安在烤餅乾吧？

一年最後幾天，早早就天黑了。凱西小姐拉開窗簾，沒戴眼鏡的雙眼，什麼也看不見。客廳傳來嘰嘰喳喳鳥兒似的交談聲音，是年輕人在布置聖誕樹，以前兩個外甥女還小的時候，也是這樣嘰嘰喳喳繞著聖誕樹點蠟燭，等禮物。

「整條忠孝東路，紅通通。」

「十月十日，天下圍攻。不是公共的公，是攻擊的攻喔。」

「一個美麗島受刑人，一個美麗島辯護律師，變成這樣，很丟臉耶。」

「我跟妳們講，這整個是綠頭藍身啦。」

凱西小姐知道他們在談論夏天以來的紅衫軍，但不確定是自己沒聽清楚，還是又來一個新詞，綠頭藍身？講得好像什麼新品種的怪物。離開台灣太久，凱西小姐已經不完全理解台灣當下政治，以前講統獨，後來轉成藍綠，然後又分深淺，還有什麼綠皮藍骨、藍皮綠骨，搞得她腦袋得轉好幾轉，現在又來一個綠頭藍身？

她在黑暗中遲了幾分鐘才出去，戒嚴戒了半輩子，好不容易等來總統直選，三次她都回去投票了，事情演變成年輕人嘰嘰喳喳這種局面，哪是她所希望？

外頭燈開著，餅乾焦了幾片，烤鴨香氣真誘人，繫滿各種裝飾的聖誕樹，再點上真正的蠟燭，就有了濃濃氣氛。

一隻塞滿黑棗與蘋果的全鴨，加上馬鈴薯、甘藍菜，四個年輕人吃得盤底朝天，就連肉汁沾麵包也吃得舔指頭，飯飽酒未足，邊喝邊聊各自讀書，抱怨食物飢餓、國家定位與身分不明；這類話題每代留學生都有，只是近年愈發講得直接，這些年輕的心似乎已經沒有恐懼，讓凱西小姐好生羨慕，也不勝唏噓。

「在這邊，不想被識別出來只能講台語，這時候才發現自己台語好爛。」

「同鄉會，以前真的都唱〈黃昏的故鄉〉、〈望春風〉嗎？凱西。」

「是啊。」

「上次春節聚餐，怎麼沒唱？」

「以前唱這個歌，大家會眼眶紅。」凱西小姐說：「現在唱，你們會笑吧？」

「可能喔。」

「待久了妳就知道，很多人的台灣意識都是在海外才開始萌芽的。」

「我有萌芽呀，但現在沒有黑名單，故鄉叫著我叫著我，買機票回去就好了。」

「都說現在留學生不關心政治，是因為很多限制已經沒有了。」

「同鄉會真的都是老台獨嗎？」叫作雅芬的女孩問。

「以前聽到台獨會怕。」另一位怡婷說：「可是現在，老實說，有時候會煩。」

「有些人講話真的很奇怪，對不對？獨立講起來很爽，但說出來的方法都不通，是要怎麼獨啦？」

「妳覺得不通，他們覺得通，是畏畏縮縮不敢做，做下去就通。」

「對不起，我要講那個笑話：要先研究不傷身體，再講求效果。」

「維持現狀也很傷身體呀，我們在國外最知道，沒有國家認同就是萬病根源，氣血超虛。」

年輕人嘻嘻哈哈講政治，眼前時代百無禁忌，凱西小姐回想，這些說詞也曾在三十多年前顧公子批評台獨極端主義的文章、侯先生家裡一來一往的討論、甚至於她與湯尼的家常聊天出現過，但他們那時的語氣與心情是截然不同的，那些時的許多名字，如今，成了年輕人口中的老台獨，但這詞，除了年紀，還有什麼其他的意思呢？是老令人討厭，還是台獨令人討厭呢？

同鄉垂垂老矣，同鄉會亦是，沒有新的目標，沒有新成員，每年新春聚餐，連餐廳老闆都老了。只有康和這樣的年輕人，愛打探陳年舊事，關心老前輩，聖誕夜，他不僅做了頓大餐，還說準備了禮物要給凱西小姐。

打開來，是三套十幾張原版台語歌謠，康和以前從台灣帶來，現在說要全部留給她做紀念。

聖誕夜，叮叮噹叮叮噹聽煩了，安安說我們放幾張來聽聽吧。文夏，洪一峰，紀露霞，兒時情景，羊群般挨挨蹭蹭地回來。「朧夜寒冷露水滴，寂靜月暗暝。」這種百年前的台灣話，放在唇齒問琢磨，要曹老師的話，大約又要講起 Rhythm 與 Rhyme，但讓康和這些年輕的唇舌照著念一遍，卻是彼此笑得東倒西歪了。

女孩們邊聽邊問起屋內舊事舊物，沙發上的針織巾，櫥櫃裡的瓷花瓶、老照片，一千零一夜，故事來得及說嗎？

「這是以前的診療室嗎？」怡婷問。

「中央這位是我爸爸。」凱西小姐就算眼睛看不清楚，憑著記憶也能指認：「旁邊是大姊，二姊，這個是我。」

「頭髮梳得好整齊，衣服也好好看。」

「那時候照相沒有現在這麼方便，比較慎重。」

女孩們嘰嘰喳喳研究起姊姊們的裝扮，笑鬧上代人腰身總是那樣細，又說衣領、袖長如何，現在哪來這種剪裁云云。

「我們自己做的。」凱西小姐說起往昔姊姊上女子高等學校，除了正課，洋裁、繪畫、園藝也學，常去植物園看花兼寫生，說著說著，她想起未完成的事情：「有興趣的話，裡面還有一些舊衣服，妳們要來看看嗎？」

很久沒有人住的客房，擠進幾個青春女孩，外套、洋裝、短裙一件一件拿起來朝身上比，有些式樣過時，有些倒是顯得女孩們肩太寬，腰身也套不上了。

「這圖案超美，超復古的。」

「這哪是舊衣服？就算現在，我還是好喜歡。」

「這帽子是宴會裝扮嗎？要怎麼戴？我只會買那種規規矩矩的帽子。」

「這種皮裙，在台灣的話，一會兒不管它，就發霉了。」

「妳不會是要把這些衣服扔掉吧？凱西。」

「好可惜喔，這麼好的衣服。」

「凱西，我回去前要去市集租一個攤位，妳整理出來，我幫妳賣賣看。」

「如果有喜歡的，就直接帶回去吧。」

「真的嗎？我可以去試嗎？」

凱西小姐挑出一些皮帶與領巾，讓女孩們搭配；雅芬試穿了一件黑色無袖短洋裝，在鏡子前照來照去。

「這個款式，是不會退流行的。」凱西小姐走過去，把雅芬的短髮塞到耳後：「這樣，像不像《À bout de souffle》（斷了氣）裡面，那個賣報紙的女孩？」

說完才想到，《À bout de souffle》，多少年前的電影，現在誰還看呀，講這些？

6.

年輕女孩問，巴黎那樣好情調，怎麼會想到柏林來呢？

都對人說是因為柏林薪水高，但若不是鬧了阿辰那回事，人生會轉往柏林來嗎？

凱西小姐有時也會問自己。

事情發生前最後一次見到阿辰，是在聖路易島不期而遇。大冷天，凱西小姐卻想吃冰淇淋，硬拉著阿辰一起去，也幸好是冬天，店裡人不多。凱西小姐點了熱帶水果口味，專心吃著，阿辰卻心不在焉，大口大口吞掉，急著要談紐約那一槍。

「代誌若真正成功，妳講，敢會天下大亂？」

「美國彼爿，有人看法是要保組織，但是，這款情形，人毋救敢講會得過？」

凱西小姐覺得他不對勁，勸他不要那麼關注政治，轉回自己身上專心念書。

「我拍算欲去美國。」阿辰回答。

凱西小姐很驚訝：「換學校？」

阿辰搖頭。「彼爿政治意識較清楚，我想欲去觀察看覓。」

「然後呢？」

阿辰聳肩。

「以你的能力，是按怎毋肯收束家己，好好讀冊求發展，做研究嘛好，莫予人講咱台灣無人才。」

「這方面的代誌，毋是已經有傜在做？閣再講，去美國做人才的台灣人猶無夠？加減我一个，敢有影響？」

那一次不歡而散，之後便沒聯絡，凱西小姐以為阿辰真去了美國，直到消息傳來——

駐外單位辦活動，阿辰這傢伙竟然在大衣裡藏了長刀，突如其來跳出來，刺傷了正要上台講話的政治人物⋯⋯

阿辰不喊不叫也不逃，就地等警方逮捕。凱西小姐呆呆聽著同鄉七嘴八舌：就是彼个抓耙子啊。是啊，你不知道他爸爸是誰嗎？知道就別惹他，也別被他盯上。敢有必要做甲按呢？為這款人打壞前途，敢有價值？

接下來怎麼辦？阿辰會變怎樣？凱西小姐愈聽愈多問號，上次與阿辰見面，莫非就有人盯著？再上次呢？做了什麼？說了什麼？

凱西小姐左思右想，愈來愈覺得自己早被盯上，從侯先生到阿辰，那些討厭的眼睛跟著自己，骯髒地寫著她的名字，那些討厭的抓耙子，老鼠似的尖嘴巴，阿辰不是把牠們給砍了？怎麼沒完沒了？

蚯蚓春泥出土似地，明明已經奮力砍牠一刀，卻複生成兩隻，再砍，又成四隻，然後八隻，十六隻，三十二隻，成了百，成了千，爬過來，圍過來⋯⋯

凱西小姐在同樣的惡夢中驚醒，那些面無表情，默默掏出相機來的人，在現實裡也確實沒有減少，甚至多了幾位。凱西小姐既恐懼，又恨自己恐懼，怎麼能夠恐懼？恐懼不就趁了那些人的心？然而，只消在哪兒看見東方臉孔，凱西小姐胸口收緊，愈走愈覺得身後黑影尾隨，成群蚯蚓鑽出腦袋，往下爬過她的食道，她的肝，她的膽，然後滑進她的肚腹……

凱西小姐知覺痛，胃痛，頭痛，每個月生理以前不痛，現在越來越痛，痛得直不起腰，猜想或許子宮裡長了什麼，硬著頭皮去看醫生，結果不是子宮，是卵巢。

「應該排出來的內膜，走錯路，跑別地方去啦。」醫生不知是看多了還是故作爽朗，把人體講得像迷宮。

「怎麼會這樣呢？」

「經血逆流？免疫系統異常？」醫生說成因不清楚，問他如何治療，倒是幽默地比了個切腹的手勢。

凱西小姐做了囊腫剔除手術，少掉一個卵巢，那年代，開腹傷口真大，等復原就躺大半月，躺得凱西小姐意志軟弱，原來的樂觀也磨掉不少，常靠小妹與湯尼照料生活。後來，這對情侶成了家，小妹還當了母親。侯先生棄畫從文，不知是政治路線爭吵使他寒心，還是職業家庭沉澱下來，他與美雪搬離了巴黎。

凱西小姐形單影隻，要說身邊多了什麼，是治療用的避孕藥與神經質。香榭麗舍大道的梧桐樹同樣風吹清涼，盧森堡公園每株樹木同樣修得整整齊齊，水池周邊椅子空出來好幾張，凱西小姐卻不敢坐卜來，不敢隨意說話，亦不敢給人寫信，工作難免分神，遇到不順，以為人家故意找自己麻煩……

終也有這麼一刻，凱西小姐起心動念，想離開巴黎。要說她不喜歡巴黎，那不是真話，可她受夠了Bonjour tristesse（日安憂鬱），不敢回台灣，怕回去就出不來，美國、加拿大、日本都猶豫過，杜家小姐說的沒錯，這裡那裡資料中心、圖書館、博物館，對多語人才招手，可那離巴黎，離小妹太遠了……

直到同事艾莎提起西柏林，漢學圖書館開了個職缺。

「如果我像妳這樣懂華語又懂日語，我一定去試試。」艾莎是波蘭裔，在柏林出生，同樣是有行李箱留在柏林的人，她指著地圖，對年輕的凱西小姐描繪：「華沙、布拉格、布達佩斯，以及柏林，都是我們這塊老大陸的老首都呀，可惜，現在全給困在鐵幕後頭了。」

鐵幕，這個詞，來自反共復興基地的凱西小姐當然是熟悉的，然而，柏林？在她這顆自由中國製造的腦袋裡，習慣了德國就是西德，東德如同中國罩著黑壓壓的雲霧，不清不楚。至於柏林，觀光圍牆她沒興趣，她腦裡的柏林，是曹老師講的黃金時代，琥珀般凍結在二戰前的時空裡。

然而，薪水很高，能做的事也很多，凱西小姐心動了。去工作幾年，再說吧，她不想神經兮兮過日子，她想去陌生的地方。她似懂非懂把柏林想成一個被遺忘的洞穴，一個難以抵達的城市，似懂非懂以為黨國機器的手沒有興致伸到那兒去。

離開巴黎前，凱西小姐去看過阿辰。

她沒提自己手術住院的事，只問他需要什麼。

阿辰搖頭，說嘉先生已經送過日常用品來，還花錢為他找律師。

「現此時算是拘留，等待審判，環境較好，有桌子、椅子當好看冊，若有錢閣會使訂報紙，就差無收音機。」阿辰主動說了很多話：「以後若去監獄，當然就無這款待遇。」

「我毋是自頭就拍算欲行這條路，甚至我從來毋捌想欲行這條路。回想起來，是按一寡身軀邊的代誌開始感覺毋著，然後慢慢仔思考，準備，計畫，是我家己一个人決定行到這步來。」

「失禮。」凱西小姐垂著眼說：「我當時毋應該刺激你。」

「跟妳無關係，我進前就已經決定。」阿辰停了一會，又說：「嘴講無效，思想無效，只有靠行動才會使證明。」

「證明啥物？」

「妳讀文科，」阿辰嘴角露出一點笑意：「予妳講看覓，證明啥物？」

凱西小姐沉默。眼前這個阿辰，她感到陌生。也可能是她自己變了，心思七上八下，疑神疑鬼。

阿辰很溫和，很平靜，比往日每次見到都還要平靜。

阿辰要她不要再來。有需要他會寫信。

來自亞洲的凱西小姐提了個行李箱，鳥兒似地飛越西德，然後東德，最後降落在西柏林泰格爾機場，新航站是六角形的，感覺像降落外星球。

學校在柏林西南邊，美國占領區，所謂鐵幕裡的自由世界，學校裡的同事對凱西小姐介紹說：「在這兒，不管往哪個方向，選哪一條路，世界都是有盡頭的。」

凱西小姐當然去看過那些盡頭，圍牆沒有想像中高，只要找個地方登高就可以望見牆外另一方世界。周邊雖然戒備森嚴，但這彷彿臨時起意、玩具般的裝置，感覺還是非常荒謬。這樣也能對峙？凱西小姐想，自己的島與對岸，至少隔著海，然而，轉念又想，人家一牆之隔，自不自由真假立判，自己呢？都已經飛過好幾個海到這兒了，心裡可有真自由？

西柏林是真自由，特意要做自由世界的櫥窗，別說時髦方便與世上其他城市並無差別，更甚想方設法在極有限的空間內，將各種先端設計與奢華應有盡有地建造起來，最高檔次的西方百貨（KaDeWe）與庫坦大街（Kurfürstendam）不說，皇宮大街（Schloßstraße）商店一家接著一家，剛蓋好的啤酒刷（Bierpinsel）紅豔豔像個瞭望塔，人們在那上頭吃飯、跳舞、談情說愛，在小天地裡自己快樂個夠。

然而，沒有山，沒有海，是要瞭望什麼呢？大概真是離家太久，凱西小姐想瞭望山，瞭望海，那種奇岩陡峭、溼潤的山林，那種陽光燦爛、深藍色的海。柏林是平坦的，連蒙馬特那樣的山丘都沒有，只有殘磚破瓦堆起來的山，戰後新建築幾乎全走現代主義風，到處直線與方格，實用，簡潔，俐落，新則新矣，可對巴黎拉丁區來的凱西小姐來說，並沒有引起多大趣味。

台灣來的人沒有巴黎多，雖設有新聞分處，但管事沒有巴黎多，留學生多半是理工科背景，埋頭書本與實驗，較少關注其他，甚至很少離開這個自由的鳥籠。看著他們，凱西小姐常會想起當年的陳先生，也想起過李舟，她現在比較懂了，李舟是知果而未必知因，但要她當時能講出一套不同版本的因果來，李舟會聽下去嗎？中華民國失去聯合國席位的時候，李舟已經去了加拿大，否則不知要有多憂憤？他老講灰心，搞不好心已經冷了？冷也好，加拿大那麼冷，希望他最後總是有個國籍才好。

凱西小姐自己在西柏林的初期生活，並非是愉快的，德語得從頭學起，食物糟得不得了，住房牆壁慘的白，或許是她那時的情緒，沒打算要長住，沒漆新色也沒掛畫，時不時想起台灣，比在巴黎的時候更常想起，不是想家，是一種似曾相識的悶，一種暫時的安全，無法思考未來，總說要改變、會解決，但誰知道什麼時候？也許永遠沒辦法，也許明天就變。

她把心力放在工作上，像對阿辰說過的，不要讓人覺得台灣沒有人才。職務之便，她訂了不少從香港來的華文書報，可以知道台灣、中國的情形。某個下午，她在香港雜誌意外讀到顧公子的文章，更意外的是，他應邀去中國做了一趟訪問。

讀起來，似乎是一趟幻滅之旅。她該替他感到鬆一口氣嗎？一直以來，顧公子背過身去的影像，常使她思量，一定有什麼道理的吧？他那顆精準嚴格的哲學腦袋，不會隨隨便便、人云亦云地只談中國不談台灣；另一方面，他又勸言保釣同志，即使心向統一，不要忘記思考台灣的意義，不要把視線從台灣移開——這話底裡的什麼，時不時讓凱西小姐湧上心酸——這位顧公子呀，似乎總是孤獨地立在高空繩索上，憑著一根又長又細的平衡桿，危危地，無時無刻不得不保持警醒地，處於那種一旦跌落便是粉身碎骨的情況，且因他那不知走向哪一端的悲哀，也就無限延長著這折磨人的危險與困頓……

她寫信給侯先生，提到這篇文章，回信得知阿辰判了五年，同鄉會持續發展，刊物開始收費，依然很受歡迎，每到出刊、寄發時節，好些人聚在一塊整理文件、寫住址、貼郵票，同樂會似的。凱西小姐感覺懷念，那些年，同鄉活動她參與很少，或許她有羞恥感，因恐懼而投降的羞恥感，與其露面，不如默默地捐錢進去。

同鄉會邀請彭先生來德國演講那一年，她去了。活動在船上進行，各領域各有成就的人，穿著西裝，帶著妻子孩子，一起用家鄉話講家鄉事，誰和誰是舊識，誰是誰的親戚，誰與誰談戀愛，誰是誰的高徒，誰回台灣被刁難，誰去對岸投共，誰之前怎樣，後來又怎樣了。

彭先生在甲板上，看著萊茵河面，這條激盪浪漫之心的河流，靜靜地站著。

他的背影，籠罩著一種不知是悲哀抑或孤獨的神祕氣息，如影隨形。

他不記得凱西小姐，但還記得她的父親。他們一起回憶巴黎，他也問起柏林。凱西小姐回答，沒有其他地方的冷戰比這兒更冷，「有時，會很想看看海。」

彭先生點頭。他在美國西岸的住處，離海近，常去眺望海岸線沉思。

然而，彭先生卻又說，自己是很容易暈船的人。

第一次去巴黎，從加拿大乘船到英國，然後轉去巴黎。從巴黎回台灣，在義大利上船，一個月後抵達香港，再回基隆。就連最後一趟逃亡，也曾考慮乘船偷渡。

其實，每趟航程都是痛苦而漫長的。

7.

柏林有個美國之家（Amerika-Haus），凱西小姐若不是因為在這兒認識了馬可，聊起遠在地球另一端的自由中國也設有美國新聞處的話，他們不會喝第二回咖啡，不會談起戀愛，凱西小姐大約留到第一回合工作約滿，就會飛回巴黎去吧。

馬可是美國的好朋友，那時候，柏林、東京、台北，有太多這樣的年輕人了，馬可說宣傳有很多種，美國之家這種是聰明的。凱西小姐與馬可有很多共通話題：爵士樂，搖滾樂，英文小說，RAIS與AFNT，不過，西德是戰敗國，在台灣的自由中國是戰勝國，為什麼那麼受美國支配？既然受支配，為何沒有學到整套民主？台灣之於馬可，是一個非常難以理解的題目，ROC與PRC，對照東德與西德，差別有多少？ROC與PRC之間夾了台灣又是怎麼回事？這些，別說凱西小姐無法好好解釋，就連馬可都沒法好好提出問題。

中美建交——抑或該說中美斷交？——之後，情勢變得很清楚，馬可也差不多明白，China就是那個China，沒有什麼Free China。艋舺家裡說情勢很混亂，風雨欲來，領袖之子——不，他早已經是領袖了——要全國軍民堅忍團結沉著奮鬥，要人自強不息，不息則久——凱西小姐感到疲憊，這些空虛的話，說久了不會疲憊嗎？領袖老了，時間緩和了他臉上的線條，像個尋常和善的老人，掛在鼻樑上的眼鏡越來越厚，沒有人看得清楚鏡片後方的眼神。

和領袖同齡的母親也是老了，兩個政府、兩種文化，各活半輩子，耳不聽，目不明，說想念女兒，但電話聽不見，照片看不清楚，就盼著她回去，臉對著臉，手撫著手，貼在耳畔說些體己話。

凱西小姐飛回台灣，哪兒也不去。前次回來，重情重義去拜訪朋友，卻讓人家被地方管區拜訪，說是關心歸國學人，給凱西小姐心裡留下陰影。這次，單單純純留在家裡孝順母親，看電視新聞，認識鳳飛飛與鄧麗君，訝異後者就是當年那個唱黃梅調的小女孩，如今能把〈月亮代表我的心〉唱得晶瑩剔透。時間一天一天，凱西小姐既高興母親每天都還醒來，又擔憂下次無法再趕回來。該走了，又捨不得走，知道此去即是訣別，好不容易百轉千迴到了機場，卻在出境前被請到旁邊坐著等。

問為什麼？答說文件有問題。

等久了，再問，說還在查驗。

等氣了，破釜沉舟，揚聲問：你說問題，到底什麼問題？對方就不答了。

最後放行，匆匆忙忙拖著行李跑，氣喘吁吁才趕上登機起飛。

不幾個月，陳文成事件消息傳開，凱西小姐揑了一把冷汗。

父死路遠，母逝路斷，凱西小姐和馬可做了結婚登記，直到台灣解嚴，沒再回過家鄉。每年到巴黎看小妹，到漢堡探望馬可家人，是為親人。馬可父親已經失智，老是忘記德國已經分裂，也不認得凱西小姐，若唱幾句〈Lili Marleen〉，老人家或許抬頭看她一眼。

她想忘記台灣，至少，不用特別記得也無所謂。她想，文化有很多種，只要習慣了，認識了，身在其中了，都是可以的。她學德語、德式烹飪，品嚐德國白酒滋味，讀德國歷史，和戰後信心困難的德國人同樣再次認識自己，做都做成，人的記憶與能力也很神奇，她可以把自己裝扮愈發優雅自如，他鄉做故鄉，但有些早晨，給自己熬一小碗白粥，光看那溫潤柔軟的色澤就知道，自己生命初始記憶，即使壓得極底，也還是在那兒。

可幸的是，那些年或許是凱西小姐和馬可最好的時光，四十幾歲，人生正成熟，既然沒有子女羈絆，就專心為自己過生活。八〇年代亦是繁盛，人們為自己胼手胝足從戰爭廢墟重建新世界，還創出不可思議的經濟成長數字而感到驕傲，把頭髮吹捲，衣肩墊高，簡直富足到帶點傻氣，電視文化發展到高點，凱西小姐和很多歐洲人同樣，坐在電視前，看一個德國少女，穿著白色洋裝，彈著白色吉他，以純潔低調的姿態，幫德國拿下了歐洲歌唱大賽的冠軍。

讓世界多一點寧靜，多一點夢想，多一點愛，〈Ein bißchen Frieden〉（一絲寧靜），歌詞好老派，但這可是那個發動戰爭的德國唱出來的呀。

好像戰爭的惡夢真的過去了，冷戰也不那麼冷了：

拂曉的陽光照在，照在那小湖上
乘著那小白帆呀，快樂的向前航
昨夜有風雨聲呀，淋溼了花襯衫
你那好冷的手呀，我要使它溫暖

同鄉會新來的留學生帶來一些新的電影、音樂，凱西小姐漸漸感覺到自身與島內的脫節，故鄉這兒、那兒燃起了星星之火，政治不行，就從文化點火，以各種野生、荒唐、防不勝防的方式四處竄出火苗，那是他們海外之人長期以來再有多少議論也無從落實的親身反叛、無從感受的來自身下社會的暗號與回音，故鄉戒嚴令還在，但人心溫度是愈來愈上升了。

就剩下那醜陋的圍牆。

醜陋得如同後來綑綁在大衛．鮑伊身上，那條蟒蛇狀的繩子。

從〈99 Luftballons〉（九十九個氣球）到大衛．鮑伊的柏林牆演唱會，馬可說流行音樂唱倒了圍牆，世界要變了。匈牙利、捷克接二連三開放邊界，人潮水流般騷動起來，地球另一端的北京天安門廣場，人群也未曾見地聚集起來。凱西小姐看著西德電視畫面，無需任何思考，生起一種恐怖預感。

「什麼時代了，眾目睽睽盯著看，不至於開槍的。」馬可想得理所當然。

凱西小姐搖頭，不說話。

馬可不解。「什麼意思？」

這回，凱西小姐咬著嘴唇，點了頭，很慢很慢地。

「妳一會兒點頭，一會兒搖頭，到底什麼意思？」馬可不喜歡故弄玄虛，也不喜歡模稜兩可。

凱西小姐只好開口：「會的。會的。他們敢的。」

後來的事情，世人都看見了。

世界果真變了，有些地方沉下去，有些地方浮上來。那年德國的夏天也是火熱，萊比錫、德勒斯登、東柏林，遊行人數愈來愈多，那情勢，很有理由讓人擔憂像天安門那樣的鎮壓場面會再次出現，凱西小姐也悲觀著。

沒想到，圍牆真的倒了。

8.

一月是無聊的。聖誕燈點過了，東西買夠了，商店的折扣海報撤下了，人們荷包裡的錢也花完了，冬天還沒有過去，且還有更冷的要來。

柏林是一具骸骨，在冰寒中發痛。凱西小姐忘了哪本書裡讀來的形容，但寫得真好，不是嗎？她耐著寒冷出外散步，腳傷剛好，走得很慢，行路道上橫倒著幾叢用過的聖誕樹，等著清潔公司運走。有幾隻鳥兒在風中啼叫，樹是枯的，理應找得著牠們在哪兒，但抬頭望了幾圈，凱西小姐還是沒看見什麼。

一年又開始了。春夏秋冬，這兒的人一年四季做什麼都得事先安排，凱西小姐邊走邊思量起眼科醫師的提議來。手術或許真的不難，難的是術後日常生活。雖說同事或鄰居可以幫忙，可她總不想麻煩人，小妹呢？現在還方便來柏林嗎？

去年此時在巴黎，湯尼病徵其實已經看得出來。同樣冷颼颼的日子，凱西小姐陪著湯尼在家居附近散步，蒙馬特觀光客愈來愈多，不管哪個季節，想清靜走走，只能趁一大清早。

「這階梯，走大半輩子，手把還沒扶過呢。」蒙馬特坡度上上下下，和他們同樣大清早出來運動的人，鳥兒跳躍似地一級一級跑上去。

凱西小姐看著略微駝下背去的湯尼，想起年輕時候他常戴頂西式扁帽，個兒高，光站就比人家好風采，小妹說自己小小年紀就忽然沒了父親，遇上湯尼這樣穩得像大樹又會照顧人的男性，就容易陷入愛河。湯尼對小妹也好，成天關切她吃飽穿暖，唯有一段時期，對美國的保釣運動滿腔憤慨，疏忽了愛情，鬧得幾乎要分手。

湯尼來找了凱西小姐幾次，談起他所見過上一代與黨國的齟齬，比凱西小姐這樣的本省家族更直搗核心，痛斥國府為求苟安不惜做美帝傀儡，連土地也要拱手送人。凱西小姐喜歡那些時刻裡的湯尼，有熱度，真真切切，和侯先生他們差不多；這些關心時局的人，與其說懂得政治，不如說是共同厭惡國府高壓統治，倡言理想改革，都以為是為國家好，不分省籍混在一起，至於國家應該是什麼樣的國家？能是什麼樣的國家？那是後來的分歧了。

在分歧到來之前，他們已經成了家人。一個人受其環境、家族影響是自然的，湯尼不可能無感於父祖輩的顛沛流離，如同凱西小姐不可能不心痛故鄉親友的枉死。悲慘與痛苦是不應比較的，強行比較，只會將悲慘與痛苦推得更深更久。

「這病，我去圖書館查過了，久了，是有可能失智的。」爬到階梯最高處，湯尼找個樹下長椅，坐下來，故意說得輕鬆。

「以後的事，別擔心太早。」凱西小姐安慰他：「老了誰都可能失智，搞不好，我還比你快。」

若是以前，湯尼想必哈哈笑得大聲，他們可以聊天，也可以吵架，吵的時候眼睛亮晶晶，腦袋轉得飛快，指責對方眼光狹隘？昧於現實？搞錯目標？吵歸吵，至少都當對方是個有靈魂的人。

最初湯尼和她同樣，希望自己的父祖政權能夠從醬缸裡拔出來，走向自由民主的正道，偏偏事與願違。來到海外落腳的湯尼逐漸投入另一種中國願景，就算文革真相與六四讓他心痛，但他相信這樣的共產黨總會倒台，中國還是要回去的。

他們這樣過了好多年，繼續聊天，但不吵架；在歐洲生活這麼久，他們早領教了這塊老大陸千百年來遷徙、通婚、繁衍，要說身世誰不複雜？身分認同與個人經歷有關，也是個人判斷，家人亦可各奔天涯，湯尼當然可以有他的選擇，偏偏，新世紀横陳在他眼前的現實是共產黨不僅沒有倒，還富了，中國不是他想像的中國，但也只有那麼一個中國。

凱西小姐眼中，湯尼並非輕率拐彎的人，對比太多快快靠攏富強中國的同代人，他守著自己的思維，總想理個系譜，將自己緊扣於那些心心念念教給他價值與記憶的上一代，不要斷散，然而，那些群像，一個接一個地在時代的迴廊裡消失，風吹來，這兒看不見，風吹去，那兒也看不見了……

遺民，這種悲哀的字，爬上了湯尼的唇角。做個世界人吧，家在巴黎，台灣是腳下勉強的土，只能從這兒反攻回去，當然不是以前說的那套反攻，但總得想想辦法，不能死心，不能放下，偏偏呀偏偏，解嚴後的台灣養出一隻自由民主的怪獸，走向他不希望的方向，這一而再，再而三的幻滅，使他忿忿地懷疑起自由來了。

「其實，傻了也好。」湯尼俯瞰著高高低低的樓房，更遠處，是灰濛濛的巴黎天空。「我想來想去一輩子，結果，哪件事情如我所想？」

湯尼手按著大腿，想要遮掩那微微的顫抖，卻使得手指也跟著晃動起來。熱血，孤憤，虛無，湯尼如果還能寫毛筆，想必能把這幾個字寫出汁來。他們這代人從小寫字就是握筆，湯尼尤其能寫一手好毛筆。「小時候要是不練字，我那老爹一棍子就打下來。」湯尼說過：「沒想到海外，反倒變成我的精神食糧啦。」中年後修身養性，假日沒事忙，就在家臨字帖，可惜孤芳自賞，這兒畢竟不是那套文化，就連女兒也習慣法文字，對爸爸揮來揮去、懸肘懸腕寫些什麼，全不懂得欣賞，只能等漢學圖書館的凱西小姐來了，才能說上什麼帖、什麼書、什麼虛實氣韻，如今卻連這也不能寫了，那惱恨，眼睛不好的凱西小姐是能懂上幾分的。

巴金森症狀是半年前診斷出來的，一直很注意身體健康的湯尼，面對這個宣判簡直皮球洩了氣似的失志，小妹說以前那麼重視穿著打扮的人，現在卻常隨便拿件外套就出門了，更甚是不喜歡出門了。

是不是所有受傷的人都會像刺蝟一樣地把自己蜷縮起來呢？小妹指望凱西小姐常來巴黎，讓湯尼有個對手聊聊，但她沒告訴小妹，即使是她，也無法推開湯尼的心門。前行無路，後退維谷，去年他們繞了半圈蒙馬特，走得很慢，談的是席哈克與密特朗有多少緋聞，蒙馬特觀光客怎樣討厭，他們不談那些需要的，尖銳的，他們沒有結論，沒有明白指出什麼。

「哎，愚蠢呀。」湯尼老是會這麼說。

雪崩似的結論。話到那兒，也難有什麼能再說下去。

凱西小姐慢慢往回家的方向走。這凍到骨子裡的冷，據經驗，應該是要下雪了。無聊的一、二月，下點雪也是好的。

明明多數燈光都熄滅了，明明凱西小姐張眼也不可能看清什麼，這行將作廢的視覺，她習慣了夜裡起床，靠經驗摸索空間，而非視覺。

然而，此刻，卻是視覺驚擾了她。

光，有種光感瀰漫在空間裡，還有一種不尋常的靜，即使她看不清，也能感覺到床畔的窗簾後方，彷彿埋伏著什麼，那跡象，那氣息，從窗簾布沿與地板那微薄的縫隙間，洩漏出來。

凱西小姐光腳探出被窩，寒意已經凝結，透明玻璃似的，乾乾淨淨，發出亮光，一點塵垢都沾不了。

掀開窗簾一角，果然，積雪了。

眼前只剩下兩種顏色，白是分外的白，黑亦是分外的黑。黑是尚未被雪覆蓋的樹身與黑牆，白是所有被雪覆蓋的其他，動物歇息躲藏，眼前現實遠比方才夢境還要冷寂，全無沾染，沒有一絲人氣，甚至沒有自然之氣，世界魔幻般凍結了。

唯有雪是唯一的動靜，花瓣似地，氣息似地，飄落下來。

一種分外的靜，凱西小姐看了數十場雪，仍然不知如何描述落雪時刻的安靜。彷彿任何一點細碎聲響都會被漩渦吸進去，也彷彿綿羊一群一群，閉著眼被引導前行，而後一隻一隻，埋進雪堆裡去，若是有人直直望著那雪，想必也要中魔似地，感到自己的心在下沉，如那雪花的飄落，一層一層，靜靜地，落進時空的山谷。

雪之銀夜，幻境，舞台，凱西小姐望著眼前，誰才能上得了那樣的台？誰震得住那樣的氣氛？又要有哪樣的故事才足以匹配？有些印象，是不請自來的，記憶的輪盤，是誰的手兒在撥動？

あなたを待てば雨が降る　等你的時候，下起雨來了
濡れて来ぬかと気にかかる　好擔心這一淋溼，你還會來嗎

陳先生後來去美國嗎？或去了其他地方？他總說，妳英文這麼好，怎麼不去美國呢？妳這麼聰明，要不要改念科學？甘迺迪急著要把人類送上月球呢。

從電腦公司退下來的千惠說當初去去去，去美國，如今退休起來勢力也很龐大，光台大校友就數不完。每月聚會，養生之道最受歡迎，她沒興趣打麻將，也不想唱卡

拉OK，便組讀書會，幾年下來百餘本，數字看似可觀，可這年紀呀，千惠說：邊讀邊忘，記住的也沒有幾本。

修先生成名了，但那陪著修先生去日本，來巴黎，又去紐約的牽手，竟在登山行程裡，一個不留神，落下了山崖。侯先生說，感情那麼好的兩個人。美雪說，那樣沉迷畫圖的修先生，自那之後拿起畫筆只有痛苦，夢裡都是妻子的手，伸著，喊著，向他求救。

倒是侯先生又畫起圖來了，黑名單解除，兩人退休從巴黎飛回台灣，在美濃找了塊地，建農舍，做農事。美雪說，若是轉來，請一定要來，我帶妳去挽柑仔蜜喔。

還有馬可，喔，馬可，不是高高興興去滑雪嗎？白是分外的白，黑亦是分外的黑，死神與上帝同在冰雪之境嗎？怎能這樣說走就走？凱西小姐獨自凝望這雪夜，宛若死亡彼岸，冰幻之境，有誰的臉、誰的影，也在默默凝望著她。

——本來給妳寫了一封信，告訴妳我為什麼要做這些。寫了一半，決定放棄。總講一句，沒有先讓妳知道，是我不應該，對不起，但是那時我沒辦法讓任何人知道，我不要跟人商量，不要妳勸我，我知道我要付出很高的代價，也有可能是我的性命，但是我不能考慮這些而不去做，我不是一個能力很好的人，但是我是一個有勇氣的人，任何革命都要有人犧牲，為什麼不能是我呢？

——因為這些不得已，我觸犯法律，入監坐牢我心甘情願。未來前途暫且不去想。腳步來來去去都是同樣空間，有時半夜醒來不知這是哪裡，有時又覺得被生下來就一直在這種地方。我沒有辦法說清楚我在想什麼。請妳原諒，有的時候，心裡實在很亂，也許這才是真正的監牢……

放了三十年的信，現在的凱西小姐讀起來很吃力，幾乎要鼻尖貼著紙張，才能看明白那些字體寫的是什麼，那姿態與其說是讀信，更像動物湊近某些物體辨認氣味，看看是不是真有過那回事。

其實，不看也是記得的，當年她重複看了那麼多遍，就想搞懂阿辰到底想什麼？到底清不清楚自己幹下了什麼？她罵過阿辰是螻蟻撼大樹，自己犧牲不說，還落得人家指責你粗暴、非理性。

阿辰不吭聲，斜著眼看人，他老以那副神情把人惹惱，凱西小姐嘆口氣，這個和自己小妹一般年紀的人，唉，總是要惹禍的，但不要惹太大的禍吧。

誰知道就能惹那樣大的禍。

還講得振振有詞，若無其事，受處罰心甘情願，要人家不用花時間去看他，坐牢搞得像沉潛，像犧牲。凱西小姐往往到了這種時候才生氣，她寧可他抱怨，他發牢騷，他困惑，他語無倫次……

心裡實在很亂，也許這才是真正的監牢。

凱西小姐知道心亂是怎麼回事，誰沒有過那樣的光陰？但是，心亂，到底要亂到何時？凱西小姐以前會這樣問，但這些年，她不這樣想了，她寧可問問：心亂，有沒有個總量呢？

總量到了，滿了，能解脫嗎？

9.

復活節還沒來，張少爺去世了。

亞洲超市拿回來的報紙，擱著沒打開，真讀到已經成了好幾天前的消息。

國際油價飆漲。

北韓核子談判代表過境東京。

中共十七大，習近平、李克強雙接班。

凱西小姐眼睛讀報吃力，通常看看標題也就過了，然而張少爺出現在標題裡，凱西小姐急急取來放大鏡繼續看下去：台灣近代史見證，病逝紐約……

肺癌，七十九，又是九，少爺七十九歲會是什麼模樣？凱西小姐記憶裡的少爺總也不老，兩隻眼珠骨溜溜地轉，含著金湯匙出世，少爺有他自己的尺，自己的能力，風吹草偃，能做事的時候，少爺做的遠比別人多。

康和總稱讚她品味，但要說那代人，凱西小姐覺得穿著打扮、教養風度，誰也比不上張少爺。打從兒時認識，總見他一年到頭穿黑短褲，搭配長筒襪，白襯衫整整齊齊紮進褲頭，冬天真冷了，就在脖子上加條圍巾。在台灣那種熱起來溼、冷起來也溼的氣候，少爺打扮讓人很感稀奇，兒時凱西小姐以為那是日本做派，來歐洲才知道，規矩是從英國皇室去的。

可惜離開台灣之後，再無機會見過張少爺，他那見識，要穿起西裝來，不知有多上品呢。

兩位早年同鄉，顧公子、張少爺，終其局，皆是異鄉當故鄉地死了。喊人家公子、少爺，不是消遣，是真心看望，已身不能及的教養或堅持，他們卻是行為舉止緩緩流露。看似在雲端，事實上，少爺身處環境同樣缺乏希望，絕非如魚得水，而是他自己能生水造池，五湖四海、三教九流地去做外交，被占便宜或被誣陷也不計較，到頭來，常是別人覺得對他有所虧欠。顧公子呢，即使處在那樣必須讓人抬頭望、替他擔心、孤高的所在，可他留下來形諸文字的苦心思索，畢竟是被許多發燙的眼睛讀見了，他難掩疲憊所流露對故鄉的懷念，做夢般回憶過去生活的溫潤，也經常觸動凱西小姐的內心……

那是屬於他們這一代失根的什麼吧？外文系的學弟寫了很好的《台北人》，上一代人的生命流離化成了小說，曾幾何時，輪到他們自己成了另一種流離的台北人？屬於他們的《台北人》在哪兒呢？

聽講妳找我？

有一个朋友佮恁小妹熟識，問著伊，伊彼當時假毋知，事後打電話來佮我講。

確實有考慮一段時間。毋知欲按怎講起。

進前四界（到處）跑，一暫佇比利時，尾後來德國。代誌過遐爾久，實在毋需要閣再提起，總講一句，攏是靠朋友，但是毋方便講甲通人知。

住上久是佇魯爾工業區彼爿。

彼陣空氣真壞，規區攏土炭，白衫穿出去，轉來變半黑，窗仔門常常要拭，但是不管按怎拭，攏擦袂清氣（乾淨）。

剛開始搬厝、油漆、洗壁，有工課（工作）就作，有一暫常常去洗教堂，爬真高，我無問題，尾後就漸漸專門做這方面。煉油廠裡底嘛有寡工課需要爬高，我毋驚高閣瞭解電，就去應徵。

妳袂記去，較早我佇台電，三不五時爬電柱，彼陣少年毋知驚，久就習慣。

危險是危險，薪資高。事實嘛無妳想的遐爾恐怖，工課無閒做袂去，哪有時間直直看下腳？

身軀會綁兩條索仔，一條若出問題，閣有一條是安全的。彼毋是普通的索仔。講起來，妳可能袂相信，遐爾粗的索仔綁佇身軀，我感覺真安全，若萬不幸出代誌，亦是我家己毋注意，使用毋妥當。

無，彼陣無保險，行船走馬三分命，無國籍，逐項攏袂申請得。

應該做的，就做矣。雖然無改變啥物。欲說傻抑是無價值，我攏接受，就是對不起捌幫助我的人，無法度好好報答個的心意。

出來的時，我心內平靜，暫時毋欲想台灣的代誌，心情上嘛想欲去一个台灣人較少的所在，朋友暫時莫相找。

我彼時有想到妳講過的，規个對頭來無要緊，但是，我的情形無可能閣去申請讀冊，連開車嘛無法度有駕照，毋過，世間遮爾大，人若螻蟻，莫要求傷濟，就無啥物大問題。

後來環境意識改變，魯爾彼爿工課愈來愈少，阮太太想欲轉來布蘭登堡，我就陪伊轉來矣。

坦白講，我知影妳在柏林，但是，若像找無啥物理由佮妳聯絡，亦恐驚替妳製造麻煩……

阿辰突然出現，讓凱西小姐非常驚訝。阿辰聽起來卻是那麼平靜。

多少年過去，西堤島沒變，聖路易島沒變，每座橋也沒多大改變，改變的是他們。電話裡忘了問阿辰，還常回來巴黎嗎？

兩人共通的朋友，還留在巴黎的，竟是沒有了，除了小妹，那個他看起來覺得幸福的人，此刻，走在塞納河畔，疲憊得很呢。

巴黎觀光客一年一年多，小妹又投資旅遊紀念品店，風景都看膩了，若非早餐時間為了巴黎聖母院的櫻花，夫妻倆鬧了不愉快，是不會特意到這兒來的。

「就說那假的，不東不西，何必去人擠人！」湯尼反對。

「植物就植物，花就花，分什麼東或西？」小妹轉過來向著凱西小姐：「妳說，對不對？」

凱西小姐每次回巴黎，習慣留點時間去拉丁區走走，往年不是聖誕就是夏日，難得這回春天來，提起櫻花，沒想鬧成這樣。她站這邊不是，站那邊也不是，只好勉強說笑：「只有我們柏林才分東與西啦。」

湯尼不知沒聽到還是不賞臉，愈發堅持：「桃花李花都有，何必著迷櫻花，我每次看洋人學日本人，在櫻花樹下頭抬得高高的，簡直就是一個傻。」

「人家看花，你也生氣？這裡房子陰森森，有櫻花襯托哪裡不好？」

「就說你們腦袋碰到櫻花就打結，陰森森？怎不想想是自己無知，國際視野不夠嘛。」湯尼說話已有含糊跡象，這時不知該喜該憂，倒說了不少，連凱西小姐都聽糊塗了。

「你又來了，以前一起去日本，不也說櫻花很美嗎？」

湯尼還想回什麼，但一口氣上來，嗆著了，小妹不忍心，也住嘴了。

此刻，姊妹倆走走停停，已經來到托內爾橋（Pont de la Tournelle），望著聖母院綠意盎然的後花園多了片桃紅色花海。

「其實，他只是討厭人擠人而已。」小妹還在早上的情緒裡，說話腔調也像湯尼：「哪知道能說成那樣？」

「妳若是會當轉來巴黎，我較有人作伴。」小妹心情低落，好像當年出國前的模樣，只是那時她並非要凱西小姐回台灣去作伴，而是說，帶我去巴黎吧。

凱西小姐望著聖母院直聳入雲的尖塔，那是這個城市最接近永恆的地方。巴黎依然美好，依然令人懷念，但退休後的凱西小姐一直拿不定主意要不要回到巴黎來，巴黎是小妹的家，但還是她的家嗎？她回來巴黎所尋找的，和愈來愈熱鬧的巴黎，觀光產業裡千嬌百媚的巴黎，似乎並不相關，而是靜止於記憶之間的巴黎……

每個來過巴黎的人，應該都有一個屬於自己的巴黎靜止時刻吧？

「咱兩个敢捌作伙爬去到頂頭？」凱西小姐指著塔尖問。

小妹想了一下，搖頭。「談戀愛的時，捌佮湯尼去過。」

這個小妹，大概真是累了，本是能不想就不多想的人，現在卻無精打采，掛念著爭吵與湯尼。

「後擺，咱來爬去看覓？」凱西小姐仰頭，搗著眉毛，瞇眼看那陽光裡的尖塔。

小妹又搖頭，比比膝蓋：「妳敢爬得去？我是無法度。」

一陣微風吹來，遠遠地，可以看見空中有些花瓣紛飛，此地品種八重櫻為多，罕有日本吉野櫻那樣的花吹雪，花期也略長些，風吹過，落的落，長的長，後來常是花與葉混在了一塊。

河岸兩側梧桐，過了個寒冬，此時枝頭新葉，綠盈盈地在陽光裡隨風閃動。「春天毋但看櫻花，看樹仔嘛好，一年落，一年生，攏袂失信，仝款遮爾青。」凱西小姐生出感嘆：「阮人一年一年來，頭毛煞是一年一年白矣。」

「頭毛白無要緊，至少阮活久長，葉仔生得遮爾拚命，遮爾婧，秋天若到，隨時落甲規四界。」

「人講落葉歸根，敢有影？我看明明是亂亂飛。」

「彼是風來的時陣。」

「有理，親像咱，講起來，亦是予風吹得四界亂亂飛。」

「唉，莫講這。」

凱西小姐笑了。小妹，能不想還是別多想的好。

「行，咱來去 Berthillon 食冰？」凱西小姐提議。

「妳真正變外地人，彼間店傷出名，見擺去攏看人排隊，我毋愛去矣。」

10.

回到柏林的凱西小姐，和康和一起坐在跳蚤市集的攤子裡。

她逛過很多次跳蚤市集，經常向人詢問價格，輪到自己開價卻是第一次。

市集離她住的地方不遠，午後便走過來看看。這片沙地，圍牆拆去之後，很長時間呈現廢墟狀態，幾年前，年輕人開始聚集，草地隨時都有菸頭與空酒瓶，然後，假日慢慢來了音樂與雜耍表演，進而形成了市集。

凱西小姐坐看人來人往，各式各樣奇怪攤子，東德舊貨、蘇聯軍裝、毛帽、日常餐具、鐘錶、鐵鎖與門把，胡亂堆著，隨意開價。康和攤上物品也說不出所以然，日本茶具組，招財貓，不知哪兒旅遊帶回來的油紙傘、細花瓶，大約稀奇，一下子就賣掉。一把全新的金門菜刀，一把專門處理生魚片的長尖刀，覺得唐突，卻來了個開餐廳的人，識貨地帶走了。

「凱西。」康和叫喚她：「妳在海外總共多少年啦？」

凱西小姐心底算了算，伸手比了四根手指頭。

「四十？都比妳住台灣的時間還久囉。」康和又說：「我十年打包三十幾箱送貨櫃，要妳的話，會有多少呀？」

她沒仔細想過出外比在家鄉久，也不確定何時回家鄉，一下不知如何接話。

「我來十年就夠久了，四十年是什麼感覺？」

「阮彼代出國，交通毋方便，護照亦毋方便，心態上，可能佮你們來來去去無相仝。」凱西小姐頓了會兒：「一目𥍉（一眨眼），十幾年就過去矣。」

「抰想唔？」

「想總是會想，但是按怎講？」凱西小姐又頓了頓，想得比上句話更久，才接下去說：「不如講是懷念，懷念，就是已經失去的。故鄉千里遠，總是要接受佇遮住落來。」

康和點頭，也想了會兒：「上次聖誕節，聊到後來，我其實有點生氣，現在年輕人對你們了解太少，什麼老台獨，把別人的生命，三言兩語講得那麼簡單。」

「阮確實是老去矣。」

「這裡老台獨的意思，不只是老，還有挖苦你們的意思。」

「我知。」一兩個女孩走近攤位，凱西小姐把話停了下來，看她們先是每件東西摸摸，而後展開幾件衣物，驚嘆或稀罕地交談幾句，搖著頭，放下了。又打量兩盞玻璃花檯燈，安安說是有陣子迷戀復古風情買下的，但玻璃燈要打包帶回台灣，成本太高了。

挖苦就挖苦吧。凱西小姐深知過去曾是怎樣的過去，因而也就明瞭那些被挖苦的人為何忘不了、吞不下、不甘願被冷落、被遺忘。來往過的朋友，無論是統是獨，若沒從政，大抵還能有些真性情、彼此善待的時刻，但若以政治為業，統也好獨也好，都在光譜極端，求表演或被誤解，堀身於公眾眼前難免都有些走樣了。

看著同代人晚節不保，凱西小姐心裡難受，嘴上又不好批評，只好忍受一起被挖苦。要說這是革命溫情，不如說她哪來立場談革命？對比他人，自己又曾真正放手做過什麼？如此一想，沉默下來，並盼望那些被挖苦的同代人也能沉默下來。每個時代都有年輕人，每代年輕人為自己打造未來；以前自己不也這樣想的嗎？冷戰結束了，解嚴了，自由了，吾人髮蒼蒼、視茫茫，半生或許不算白費，但哪有自信還能掌舵未來，又何必求人給個紀念？

買東西的人走了，康和轉回頭來，草草接續方才話題：「凱西，四十冬，故事一定足濟，可惜我欲轉去矣；我佮妳講，別人無了解就無了解，但是我咧，我就是欲轉去做老台獨。」

「做就做，恁少年人莫講啥物老台獨。」凱西小姐笑著回答：「台灣的情形亦改變矣。」

不是嗎？自由以來，世局變化莫測，就連時空也裂解了，未來，屬於年輕人，未來的願景與困難也屬於年輕人，而我們這代人早已做鬼去矣，凱西小姐望著市集情景，如此想道。

康和與安安起身去買咖啡，凱西小姐繼續沉浸在思緒裡，很久以前，日本人引揚歸鄉，賤價出賣家產，路上也是這樣一攤一攤，母親曾帶她與姊妹們去挑選，一個日本太太把很多娃娃人偶，都送給了她。

一晃六十年過去，那些娃娃現在也不知哪兒去了。

上次凱西小姐回艋舺老家，從小認識的米穀店已經變機車行，牌樓厝的花樣與頂端宋字還在，街坊裡議論著要讓市政府拆除還是保留作歷史老街。那趟回去，阿姊去世了兩個，做醫生的阿兄退休，兄弟姊妹把艋舺家產做個處理，該負責的負責，該放棄的放棄。阿兄說起杜先生一生儲蓄買地，結果子女為了遺產分配對簿公堂，弟弟還登報批評兩個在國外的兄長很少返國探視父親，也沒有返國奔喪。

「杜先生過身猶未解嚴，毋方便吧。」凱西小姐不免物傷其類地這麼說。

「一人煩惱一樣（家家有本難念的經），無人煩惱親像。」阿兄說：「這種情形看著感慨，但是阮外人無立場多講話。」

過去，風吹四散，許多名字經由婚姻、教育、工作連結編織成一幅蜘蛛網，是所謂家世，也是社會脈絡，然而，時間的風沙將蜘蛛網吹散，愈細的瓷器愈可能摔碎，要說富不過三代也行，凱西小姐所看到的同代人，不分外省本省，不管是統是獨，落腳世界不同角落，各過各的生活方式，各找話講得來的，就算信同一個上帝，祈禱的語言也不同款。

一個穿著印度蓋染洋裝的女士，在攤位前停下腳步，老鷹低空飛過似地，很快打量一圈，看中幾件打開來，摸摸質料，選中一件花袖襯衫問：「請問，這是您自己的衣服嗎？」

凱西小姐點頭。在鄰近攤子買咖啡的康和，看到有人詢問，也走回來了。

「大概什麼時候買的呢？」

六〇年代迷你裙，七〇年代寬腳褲，凱西小姐在腦袋裡搜尋，那件襯衫什麼時候買的？真不記得，只記得有一回和馬可去席勒劇院看戲的時候穿上了……

「這個呢？」凱西小姐的思緒被拉回來，對方手裡一件花莖圖案長袖洋裝，胸口很低，卻故意仿了旗袍立領。

又拿起一件黑色皮褲，那是圍牆還沒倒塌以前吧。

最後，幾乎把每件衣服都翻過，只看式樣，不管尺寸，女士做了決定：「這些，都留給我好嗎？我先繞一圈，等會過來？」

女士拖著板車走了，這兒挺常見的一種木製板車，據說是東德時期普遍的家用品，動物園裡也有租借，把小娃兒和雜物一起放在裡面拖著走。

「她一定是老手，知道這個時間來掃貨。」康和望著她的背影說。接近收市的時間，不少攤位開始裝箱整理。他們攤上所剩不多，康和說，再有人問，就乾脆用送的了。

「明年三月選總統，妳敢欲轉來？」康和問。

「猶未決定，恐驚目睭手術排佇彼時。」

「妳是毋是閣會驚？」

凱西小姐沉默。她知道沒什麼好怕，但有些事就像衣服弄髒了，怎麼洗也洗不回原來的乾淨，每次回台灣，她依然感覺身後有眼睛盯著，上次總統大選，還和康和搭同班飛機，才不至於自己亂驚惶。

「真的，凱西，這个時代無黑名單矣。」康和繼續說服她：「人史明早就轉去，一台宣傳車，臺灣頭駛到台灣尾，放送獨立建國，嘛無按怎樣。」

凱西小姐笑著點頭。康和講的她都相信，都知道，但意識再怎麼清楚，胸口還是緊，這毛病，也許跟湯尼的手抖差不多吧。

凱西小姐把眼前的衣服一件一件摺疊好，不是捨棄，是說再見，這半生的軌跡。杜家小姐幫美國軍方管圖書管了一輩子，杜家少爺幫日本警方調查地下鐵毒氣事件；曹老師留下來的文章是用日文寫的，家裡六個孩子都說無法看懂；老謝精力旺盛，到處開畫展不說，還把台灣畫壇與大稻埕滄桑整理成書；修先生成了版畫大師，當年那些民俗於他的手中重生，紙錢上小小的衣衫、剪刀、梳子被他排比成極大的美麗，毫不保留塗上了東方的黑色、金色與紅色……

自己能留下什麼？僅僅做了什麼？圖書館裡無數衍生的編號？不同語言之間的編寫分類？資料與資料的連結索引？凱西小姐遙遠地想起很久以前的文學院圖書館，無論什麼時段，只要該開門的時候，管書的游小姐一定坐在裡頭，背後也總堆著尚未整理或根本不打算整理的幾落灰黃或紅皮小書，有些連書封都沒了，簡便糊上的牛皮紙，黑筆寫著羅馬字或片假名的書名……

拖著板車的女士又回來了，板車裡多了不少東西。她把凱西小姐摺疊好的衣物，整個抱起來往板車裡放，凱西小姐忍不住問：「這些衣服是您自己想使用嗎？」

「可以說是，也可以說不是。」女士自我介紹說幫人做造型設計，也會租借服裝給劇場或電影。「您知道，他們總是需要特別的裝扮，各種不同年代的衣服。」

話匣子一開，她們聊起服裝與縫紉，這位女士不僅挑布料與花樣，也樂於動手修改，有時拆拆縫縫好幾件，就為了做出一件能夠表達角色的服裝來。最後，她從提包裡找出一張名片，遞給凱西小姐：「如果您還有其他衣物，可以考慮讓我先挑選嗎？東方風味也可以唷。」

11.

Ce soir, le vent qui frappe à ma porte　今夜，風敲打我的門扉
Me parle des amours mortes　和我聊起逝去的愛情
Devant le feu qui s'éteint　在爐火熄滅之前

一曲老派香頌，從去年聖誕唱到今年夏天，色彩繽紛的季節，凱西小姐應了阿辰的邀請，前往他的小農園去作客。

出發前，凱西小姐再度考慮好一會兒，才把信放進手提袋裡去。她在車站加買了一段郊區票，這段火車，以前搭過好幾次，哪想得到阿辰就住附近。

阿辰當然也老了。有人老了會胖些，阿辰是變得精瘦，本來埋在浮腫面容裡的輪廓因而顯現出來。雖然已經通過兩三次電話，真正見到面還是感覺複雜，凱西小姐實在沒想過，重逢不是在巴黎，不是在台北，也不是美國任何一個城市。

沿途阿辰邊開車邊談論搬到布蘭登堡的心得，他喜歡這兒的湖泊與樹林。「雖然農業條件毋理想，不過，所在開闊，未來有條件發展風力發電。」阿辰說起此地的綠電計畫：「到時，風機的起造佮維護，是非常專業的知識，若是我閣少年，就想欲來研究這途。」

車行過樹林，出現一片平坦地形，散布種植花草與果樹的簡單房舍，是此地社區農園常見模樣，一位個兒不高的女性推門出來，是阿辰的妻子漢娜。

園內已經擺好野餐桌椅，但才放下手提包，阿辰就熱切想把這個春天以來的收穫展示給凱西小姐看。

「柑仔蜜，日頭照傷濟，外皮硬，但是真甜。」阿辰邊說邊摘下幾顆，拍拍塵土，拿給凱西小姐嘗。蘋果還沒有完全紅，棗樹倒是結實累累，阿辰把棗子從蒂頭處剝開：「無用農藥，看有蟲咬過的痕無？」又帶她去看各種菜苗，說想吃能熱炒的青菜，試過芥菜、空心菜，地瓜葉在台灣隨便就能生長，在這邊卻很困難。

記憶裡，阿辰並不是一個動作俐落的人，更不是一個多話的人，可現在眼前這位灰白老人，帶著靈活手勢說明自己怎麼申請到農園，又怎麼到園藝店搬器材，釘木架，有一年好不容易取得絲瓜種子，卻不知道怎麼搭棚。

「已經袂記菜瓜按怎旋藤（蔓生），無人請教，就盡量回想細漢序大人按怎做，結果是有種出來，但是真幼骨，細卡條仔，食起來無菜瓜味。」阿辰繼續說：「遮天氣猶原是較適合種蘋果、櫻桃、棗子這類，歸年透冬，佮意啥就種啥，蘋果若收，放一冬嘛袂壞，我常想，蘋果真正是上帝給咱人的恩惠。」

時間彷彿魔術，把阿辰換了模樣。他開始生火，不知該說現代工具進步還是技術熟練，火很快燃起，漢娜把事先準備的烤肉、蔬果給端出來，凱西小姐一旁幫著小忙，聽阿辰解說木材得事先曬過多久才能使用，不同樹種適合什麼樣的肉質等等。

不多時，整座農園已經瀰漫烤肉香味，剛摘的櫛瓜、豆莢只要加點鹽巴、胡椒就好吃，講求新鮮，說不上細緻，法國餐桌來的凱西小姐吃了半輩子，要說習慣也習慣了，就是不夠欣賞其中奧妙，心裡愧疚比抱怨多。吃的樂趣，從她的生命裡消失很久，自己到底喜歡吃什麼，漸漸也說不出明確的答案來，真說得出來的，以前回不去吃不著，現在是回去了也沒看見；記憶裡的食物，跟她的語言同樣消失了。

漢娜注意到凱西小姐吃得不多，不斷給她換菜，問她要不要喝一碗自製的南瓜湯。漢娜和凱西小姐見過的許多北德人一樣，初見面冷淡，放下心來，便會拉近距離；漢娜對統一後的東西德差異有很多意見，幸而布蘭登堡的地景與生活方式，改變並不是太大。

「改變的過程，總是無可能完全順勢。」阿辰換成家鄉話，對凱西小姐說：「不過，若是同心，改變就毋一定遐爾困難。可惜，佇咱過去的時代，仝心是無可能的。」

「彼時陣，應該是氣這个無仝心，代誌傻傻做落去，但是，對大局來說，敢有一絲價值？」阿辰說到這裡，笑了，沒等凱西小姐回答，自顧自又說下去：「無，就是無。對大局無影響的代誌，敢是政治？」

阿辰又笑，這沙盤推演般的想法，似乎已經在阿辰的腦裡放了很久，來了可說話的同鄉，一連串滾出來。這會兒，他等著凱西小姐的回答。

是？不是？凱西小姐想著，阿辰在乎什麼？做了什麼？結果又到底成了什麼？她把信從提包裡拿出來：「今仔日特別帶來還你。」

阿辰微愣，彷彿把先前電話提過的事忘得一乾二淨。想起來，也只是笑笑收過去，簡單看了幾眼，放進褲子後頭的口袋。

天忽然暗下來，烏雲罩頂，阿辰望望天色，輕鬆地說：「這雨，和咱台灣的西北雨仝款，落袂過車路。」

凱西小姐點頭，這兒的雨若非細雨霏霏，沒人打傘，要不就是急驚風似地落一場，雲過去，雨就停了。

「講起來趣味，進前遐濟年，逐工爬高高，這馬煞逐工挖土。最近我一个人種東種西，不知不覺常常唱這條歌。」

西北雨直直落，鯽仔魚欲娶某，鮕鮐兄拍鑼鼓，媒人婆仔土虱嫂

日頭暗尋無路……

阿辰唱起歌來，但唱幾句，忘詞了，啦啦啦緩下來。

凱西小姐接下去：「趕緊來火金姑……」

阿辰得到提示，眼睛一亮，腦袋打通似地，開嗓重唱：

日頭暗尋無路，趕緊來火金姑，做好心來照路，西北雨直直落
西北雨直直落，白鷺鷥來趕路，翻山嶺過溪河，找無巢跌一倒
日頭暗怎樣好，土地公土地婆，做好心來照路，西北雨直直落

阿辰愈唱愈大聲，唱到最後還帶出合唱手勢，逗得漢娜即使不懂詞意，也笑了出來。

雨並沒有真正落下來，烏雲移開，陽光又灑下來。

阿辰開始收拾沒吃完的食物，邊做邊自言自語：「火金姑。對啦，火金姑。」一副還沉浸在旋律中的模樣。

漢娜從廚房出來，手裡捧著一盤黃澄澄的布丁，特別強調是阿辰親手做的。

「吃看覓，有合嘴無？」阿辰說。

凱西小姐吃了一口，蛋味很濃、口感也實，想不起來在哪兒吃過，但一定是吃過的，不是那麼時常，或許也不在台北，母親與姊姊的味道，喜事的味道。

「若講有差別，是用鴨蛋做的。」阿辰說：「細漢的時食辦桌，上等待尾後這盤點心，毋知是人老變化抑是啥物原因，愈來愈數念（懷念），就家己試做看覓。」

「這杯底的焦糖，可是從白糖慢慢煮的喔。」漢娜髮絲也已經白了，聲音仍然輕柔可人：「他好耐心，攪呀攪的，好溫柔。」

臨走前，漢娜準備了一小籃蔬果。「怕妳重，放無濟。」阿辰把各色馬鈴薯一顆一顆指給凱西小姐看：「無仝品種予妳食看覓，食得合，另日我專工共妳送去。」以為要走了，阿辰經過方才烤肉的火爐，停下腳步。也許想了那麼一下子，也許沒有，凱西小姐注意到的時候，阿辰在翻動火爐，像下午那樣，很快又把火苗給催了出來。

凱西小姐納悶，都要走了，做什麼呢？

阿辰從褲頭口袋取出信來，看了那麼兩、三秒鐘，然後，擲進星火裡去。

凱西小姐驚訝地叫出聲來。

紙張落在發紅的炭心，很快燒黑了洞，然後由那黑洞燃起了火舌。

阿辰望著火的燃燒，抬頭看了她一眼，還是笑，那是今日凱西小姐初次見到，昔日阿辰的神色。

她走過去，一同看著火舌捲高，不消一兩分鐘，平息下去。

「好。」阿辰點點頭，像什麼事都沒發生過似地：「我送妳去車頭吧。」

這回車上，兩人都沉默了些一。凱西小姐方才的驚訝尚未過去，很多事情想問，又不知該不該回頭問起。

開車的阿辰時不時就望望窗外天色，看看樹林或原野，鄰近市區，才說：「可惜，熱天日頭長，火金姑猶未出來。」

「日頭長才會使講到這時。我目睭毋好，天若暗，就較困難行路。」

「目睭手術的代誌，若有需要鬥相共，請一定打電話予我。」

雖是常有的客套話，但阿辰不是講客套話的人。失聯三十幾年，距離真能拉近嗎？凱西小姐猶豫著。

「欲請妳來的時候，漢娜問我講是怎樣的朋友？彼一時，毋知欲按怎說明，就清彩講是老朋友，以前在巴黎失散去的朋友。」

「不過，拄才唱歌的時，我忽然想到，火金姑，可能是一个好的形容。在彼段無仝心、看無路的時代，若看到妳就若像會使看到淡薄仔光。」

「妳可能會笑我遮爾濟歲，還講遮無必要講的話，不過，想起來，若是無妳一直相信我，袂責怪我，親像火金姑佇我黑暗的目睭內底，一閃一熄，彼段時間，欲行過來可能更加困難……」

凱西小姐想要回話，但該說什麼呢？詞不達意，彷彿死去的貝類，難再開口，凱西小姐這才發現，今天，自己講出來的話，好少。

「在這附近，六月抑是七月的時，天若黑，」阿辰安撫著兩人間的沉默，講起別的事情，這男孩，變成懂得慈悲，懂得溫柔的老人了：「會使觀察到青色的光，一點一點，佇樹林裡底，飛來飛去，親像做夢仝款。」

「彼就是火金姑，傷久無講，我已經忘袂記矣，綴人講 Glühwürmchen，luciole？若無，用中文講螢火蟲，煞來袂記咱以前是講火金姑。」

車站到了，阿辰停好車，堅持幫她提物到月台。

他們慢慢爬上階梯，不再交談。陽光有點斜了，落在樹梢，在屋簷。

等車回柏林的人不多，尤其是像他們這樣的東方老人。

阿辰看看發車時刻表，又幫她掂了掂重量。

「你放心。」凱西小姐說：「落車，行一時仔，就到矣。」

列車由遠方靠近，阿辰起身替她張望，確定了車廂，轉過身來，如同這兒的作風，張開雙臂，給了她一個大大的擁抱。

太陽終於落下，夏季遲來的黃昏，高空雲層已趨黯淡，地平線湧出燦爛金光，穿過層層滾雲，層層由橘轉趨豔紅，火舌似地燒遍低空。火燒雲，對，凱西小姐想起了那遙遠的詞與音，是火燒雲吶。

後記

白色，看得見嗎？

白色畫像，是底色為白，抑或畫像為白？

白色本來乾淨，但在政治術語成了國家壓制或反共整肅的代表色，相對熱血犧牲成紅、鋌而走險為黑，顏色交互成像，但若被繪者沒有明顯色彩，亦未蒙受大難，只是白茫茫底色裡知覺有限、作為有限，平庸活過一生的人，如何能夠畫出他／她？更苛刻的問法是：這樣的他／她，有必要畫嗎？

〈清治先生〉初稿發表於《春山文藝》之際，承蒙吳繼文先生提示「國家與小寫的人」，別說讀者，就連剛從讀讀寫寫刪刪改改蔓蔓草稿堆裡探出頭來的我，也豁然開朗，是的，文學視線常在小寫之人，即使恆常大寫論述的人物，在文學裡，最好也被回復成小寫的肉身。〈文惠女士〉、〈凱西小姐〉亦是平凡名字，小寫之人，三篇時空交織落在所謂白色恐怖時期。

回顧此期，與其說我知道、我熟悉，不如說我不知道、我無感，自覺懸浮而想弄個明白。這兒也並非要做歷史、政治補課，而是來到文學，我想探問日常、真實的人、亂七八糟的情緒、早到或遲到的領悟；無論怎樣的時代，總不可能鐵板一塊，亦不可能人人心靈扁平。三篇小說糅合了零碎史料、人物回憶，盡可能走進那片白茫茫大霧，揣想個人不知身在何處，依然得去向哪裡；霧濃深重，人與人的形影面目，經常遮蔽而模糊，哪兒傳來幾聲淒厲槍聲與叫喊，你我都聽見了，卻看不清什麼方向什麼情形，驚恐起來，草木皆兵，就連自己也心慌開了幾槍。

老經驗的讀者，可能從故事裡讀出似曾相識的人物，也因此覺得和他們知道的實際情形有所出入，這是因為各角色，尤其清治、文惠、凱西形象，已合併多人生涯，紀念心意是有，但對號入座是不必要的。惟需註明〈凱西小姐〉文中角色阿辰，參考一九七三年巴黎黃照夫刺傷國民黨海外政治工作人員事件，我並不認識黃先生，截至小說完稿之前，也未能打聽聯繫到本人，因此阿辰形貌性格皆出於作者安排，與實存人物無涉；二三七頁書信，部分字句改寫自「台灣歐洲聯盟研究協會」披露之黃照夫《獄中書簡》，為時代留點線索，希望黃先生或知其下落的人能夠諒解。

此外，〈清治先生〉感謝國藝會創作補助，莊瑞琳與夏君佩的編輯討論，台南台江文化前輩吳茂成與黃崇凱給予語言、地理意見；〈凱西小姐〉部分資料曾請教柏林民族學博物館吳森吉博士，初稿承蒙胡慧玲閱讀，朱嘉漢法語校譯，一併致謝。

白色畫像，以白畫白，是否真能讓人看見什麼？清治先生、文惠女士、凱西小姐，人去已杳，留下故事或畫像，以靜制動，似假還真；真相凌亂而殘忍，也因為殘忍，發生當下人們往往別過頭去；故事，就當作回頭看一眼吧，畫像總在觀者與之對視當下甦醒，萬語千言，他／她們即是我們，至少我們是他／她們的延續，喚醒記憶並不是不可能的，我們要它，它就來了。

二〇二一年十一月

INK PUBLISHING
文學叢書 671
白色畫像

作　　者　賴香吟
總 編 輯　初安民
責任編輯　陳健瑜
美術編輯　黃昶憲
校　　對　吳美滿　陳健瑜　賴香吟

發 行 人　張書銘
出　　版　INK 印刻文學生活雜誌出版股份有限公司
新北市中和區建一路 249 號 8 樓
電話：02-22281626
傳真：02-22281598
e-mail：ink.book@msa.hinet.net
網　　址　舒讀網 http：//www.inksudu.com.tw

法律顧問　巨鼎博達法律事務所
施竣中律師
總 代 理　成陽出版股份有限公司
電話：03-3589000（代表號）
傳真：03-3556521
郵政劃撥　19785090　印刻文學生活雜誌出版股份有限公司
印　　刷　海王印刷事業股份有限公司

港澳總經銷　泛華發行代理有限公司
地　　址　香港新界將軍澳工業邨駿昌街 7 號 2 樓
電　　話　852-27982220
傳　　真　852-27965471
網　　址　www.gccd.com.hk

出版日期　2022 年 1 月　初版
2023 年 1 月 10 日　初版三刷
ISBN　978-986-387-507-9
定　價　360 元

國家圖書館出版品預行編目資料

白色畫像／賴香吟 --初版,
新北市中和區：INK印刻文學, 2022.1
面；公分.（文學叢書；671）
ISBN 978-986-387-507-9（平裝）

863.57　110019409